思喪曖

二重螺旋4

吉原理恵子

キャラ文庫

この作品はフィクションです。
実在の人物・団体・事件などにはいっさい関係ありません。

目次

口絵・本文イラスト／円陣闇丸

相思喪曖

《＊＊＊プロローグ＊＊＊》

その年の四月。十九歳の誕生日を迎えた篠宮沙也加《しのみやさやか》にとって、祖父母との生活は贅沢《ぜいたく》とは無縁の質素さだったが、慣れてしまえば何の不満も不都合もなかった。

五年という歳月は家族崩壊という悲惨な傷跡を癒《いや》すための特効薬ではなかったが、少なくとも、穏やかな日常を取り戻すための必要不可欠な避難所にはなった。

――いや。

むしろ。激情と慟哭《どうこく》と喪失感に振り回されて、視野狭窄《きょうさく》になっていた自分自身をしっかり見つめ直すためのいいきっかけになった。

今となっては、素直にそう思える。

自分は自分以外の何モノにもなれないのだから、自分が好きでも嫌いでも、長所も短所も全部ひっくるめて自分で折り合いを付けていくしかない。

自分にとって必要なもの、不要なもの。

できること、できないこと。

その選別と優先順位が、はっきりした。

大学進学にしても、そうだ。

本当にやりたいことを為《な》すための、第一歩。目標意識が高い沙也加にとって時間はダラダラと流れていくものではなく、無駄に浪費できないモノだった。

一日は二十四時間。

一年は、三百六十五日。

時間は寸分の狂いもなく過ぎていくだけで人を差別化しないが、人生という名の歳月は誰に対しても平等ではない。

幸福と不幸。そのボーダーラインすらもが曖昧《あいまい》であることをきっちり認識している者がどれだけいるのか、それはわからないが。少なくとも、沙也加は、時間は無尽蔵に眠っているものではなく限界値がある生モノだと知っている。

ことさらに焦る必要もないが、四年間の大学生活は、そこでどれだけ有意義に過ごせるかということだ。

ピンでもキリでも、卒業してしまえば最終学歴は大卒。そんな論理が平然と罷《まか》り通るほど現実は甘くないことを、沙也加は骨身に沁みている。

平等論はあくまで理想であって、世の中は『格差』という不平等に満ちている。

感情論でそれを語っても、現実は覆らない。何の根拠もない主張が、ただ耳障りなだけの雑音にすぎないのと同じことで。

　現実は弱者に優しくない。

　それどころか、ときには理不尽ですらある。

　当然、努力だけでは開かれない扉もある。

　だが。それをただ嘆いているだけでは何も始まらない。

『人生、一寸先は闇《やみ》』

　それを実体験させられたからといって、沙也加は決して悲観論者《ペシミスト》ではないし。

『諦《あきら》めなければ夢は絶対に叶《かな》う』

　その言葉を無条件で信じるほどの楽天主義者《メルヘンメーカー》でもない。

　しいて言えば。いつ、何が起こるかわからない世の中だから、悔いが残らないようにとりあえず今日を頑張る——現実主義者《リアリスト》だろうか。

　視線は足下ではなく、前へ。この五年間で、ようやく、沙也加はしっかりと前を見据《みす》える覚悟ができた。

　——ように、思う。

　だから。自己チューなネガティブは嫌いだ。未だに意味のない引きこもりを続ける末弟《裕太》を思い出して、苛《いら》つくから。

　ある程度の我慢強さは必要だと思うが、過剰な自己犠牲が美徳だとは思わない。篠宮家のハウスキーパーに甘んじている次弟《尚人》には、自己主張の欠片《かけら》もないのが鼻につくから。

ガムシャラに頑張りすぎないポジティブさが、ちょうどいい。

理想と現実のギャップ。それを埋めるために頑張るのではなく、多くを望みすぎない『足るを知る』ことが、今の自分には必要なことだと思った。

そんな沙也加にとって、勉学とアルバイトの両立は生活のリズムであり、その隙間《すきま》を埋める友人たちとの付き合いは日常のスパイスである。

やりたいことがあって、そのための努力は惜しまず、とりあえず友人関係も良好。五年間の歳月は沙也加に嘘《うそ》臭い作り笑いではない笑顔をもたらした。

そして、八月。

大学生になって初めての夏休みは、例年と何ら変わり映えのしない日常の延長——のはずだった。少なくとも、あんなことさえ起こらなければ……。

§§§　§§§　§§§　§§§

その日。

午後の最終講義《カリキュラム》が終わって。ざわつく教室を出るなり、

「ねえ、ねえ。加持《かじ》ちゃん、知ってるぅ?」

相田真紀《あいだまき》が舌っ足らずな口調で言った。

所謂《いわゆる》『ブリッコ』しゃべり。

人によってはひどく耳障りにも思えるだろうが、本人的にはそれがごくフツーのしゃべり方なのだ。身長が百五十センチと低いわりに巨乳《Fカップ》という肉感的な体型のせいか、男に媚《こ》びていると誤解されがちだった。

男子《異性》にはモテるが女子《同性》からは嫌われるタイプであることを本人も自覚している——らしいが、それが自分の個性なのだと開き直っている。実際、しゃべり方はどうでも、その性格が妙にサバサバしているのだった。

人間関係の基本はたいがい第一印象で決まってしまうものだが、相田は間違いなく、外見とのミスマッチを体現しているように思う沙也加であった。

もっとも。相田から声をかけられて友人関係に発展しなければ、刷り込まれたビジュアルそのままに、沙也加も苦手意識を持ったままだったかもしれない。相田とは真逆の意味で、沙也加も女子には敬遠されがちなタイプであるからだ。

「北白川《きたしらかわ》に『コレット』の支店、できたんだってぇ」

「えーッ、ホント?」

長身スレンダーな加持希望《のぞみ》は、中学、高校と陸上部であったが、大の甘い物《スイーツ》好きである。競技者を引退して食事制限《カロリー》がなくなったのが一番嬉《うれ》しい——らしい。

沙也加は人並みにスポーツをやる程度だが、加持の実体験談を聞くたび、選手だけではなく自己管理能力の有無が人生における勝敗に繋《つな》がっているのだと思わずにはいられない。

『コレット』とは、スイーツ界の貴公子《プリンス》などともてはやされているイタリア帰りのパティシエが都内に出店した洋菓子専門店で、不況知らずの大人気店である。その支店が北白川にできたことは、さすがに沙也加も初耳だった。

「ちょっと遅めだけど、アフタヌーン・ティー……する?」

天使の輪っかができるほど艶《つや》やかな黒髪ストレートが自慢の柏木京《かしわぎみやこ》が茶目っ気たっぷりにウィンクした。

「する、する」

「行く。行くぅ」

相田と加持が、ソッコーでハモる。

「ねぇ、沙也加は?」

「ウン。たまには甘~いケーキもいいよね」

甘い物に目がないのは、沙也加も同じだ。

幸い、今日は何の予定《アルバイト》も入っていない。

「ンじゃあ、タカ君に車で送ってもらっちゃおぅっと」

「いいの？」

「大丈夫、大丈夫。タカ君、このあいだ買ってもらったばかりの車、自慢したくてしょうがないんだから」

言いながら、相田はバッグの中から携帯電話を取り出す。

「あ……タカ君？　今、あいてるぅ？　ホント？　じゃあさ、ちょっとぉ、お願いがあるんだけどぉ」

モテない女子がやっかんで毒舌を叩《たた》きたくなるほど、相田の交友関係は広い。

沙也加は、そのごく一部しか知らないが、『タカ君』も数あるボーイフレンドのうちのひとり──らしい。

「じゃあ、よろしくぅ」

携帯を切って、相田はピースサインを出す。

これで、とりあえず北白川までの足は確保できた。タカ君の好意に便乗させてもらえる沙也加たちには、もちろん否はない。

待ち合わせの場所である正門前まで、四人は笑いさざめきながら歩く。女が三人寄れば……のたとえに漏《も》れず、沙也加たちのおしゃべりは尽きることがなかった。

──と、そこへ。いきなり、

「どうもぉ……」

馴《な》れ馴れしげに男が声をかけてきた。

年齢は三十歳後半、あたり。派手な開襟《かいきん》シャツに色褪《いろあ》せたジーンズ。手櫛《てぐし》さえも入れていないのではないかと思えるボサボサヘアーに、ファッションというよりはただのズボラにしか思えない不精髭《ぶしょうひげ》。

――誰？

――知ってる人？

――ううん。

――ぜんぜん。

沙也加たちは口パクとアイコンタクトを交わし、誰がどこから見ても胡散臭《うさんくさ》すぎる男に露骨に眉《まゆ》をひそめた。

そんなリアクションには慣れっこなのか。それとも、単に神経が図太いだけなのか。

「えーと、篠宮沙也加さん？」

嘘臭い笑顔を沙也加に向けた。

（何よ、この人。……誰？）

得体の知れない男にフルネームで呼ばれ、警戒心がムクムクとわき起こる。

「ワタシ、こういう者です」

男は胸ポケットから名刺を出して、沙也加に押しつけた。

普通、剝《む》き出しの名刺をポケットに入れている社会人はいないだろう。そのくらい、沙也加にだってわかる。私はアヤシイ者ではありません——的なつもりなのかもしれないが、充分……怪しい。

何の変哲もない白地の名刺《それ》には、名前と電話番号、それにEメールアドレスしか明記されていなかった。それが更に、男の胡散臭さを倍加させる。

それでも。

「真崎《まさき》……亮二《りようじ》、さん？」

沙也加がその名前を口にすると、まるで我が意を得たり……とばかりに、

「ハイ」

相好を崩した。

「同じ『まさき』でも、カリスマ・モデルのお兄さんと違って、ワタシは名字の方ですが」

何の脈絡もなくいきなり長兄の名前《雅紀》を持ち出されて、沙也加は思わず息を吞《の》む。

（ヤだ……。何、言ってるの。この人……）

高校でも、大学でも、カリスマ・モデル『ＭＡＳＡＫＩ』が沙也加の実兄であることを知る者は皆無だった。

純粋な日本人にはまず見えない際立った美貌《びぼう》は、妹弟《きようだい》の誰とも似ていない。

もっとはっきり言えば、両親にさえだ。

篠宮の親類筋に言わせれば、外国人であった曾祖父《そうそふ》一族の誰かに似ているらしい。だが、手掛かりになるような写真が残っているわけでもなく、それもイマイチはっきりしない。

ただ、先祖返り——と言われる雅紀が容貌だけではなく、完璧《かんぺき》八頭身の体型そのものが日本人離れした規格外れなのは事実である。

家の事情が——いや、兄《雅紀》と妹《沙也加》のどうにもし難い軋轢《あつれき》がなければ、あるいは、親しい友人にはこっそり自慢げに打ち明けたかもしれないが。今は、赤の他人よりもその存在は遠かった。

けれども。尚人《なおと》が自転車通学の男子生徒ばかりを狙《ねら》った悪質な暴行事件の被害者になったとき、厳密に言えば、尚人と雅紀《まさき》の関係がマスコミにスッパ抜かれてから、沙也加のプライバシーもなくなった。

篠宮家の悲惨な家族崩壊ストーリーが、スキャンダラスに全国ネットで垂れ流しにされてしまったからだ。

好奇と。

同情と。

——無神経。

今になって、再びそんな視線に曝《さら》されることになるとは予想だにしなかった。

あれは予期せぬ凶悪事件《アクシデント》であって、尚人は不運な被害者だ。尚人には、なんの落ち度も責任もない。

それでも。

あんなことさえなかったら――と、沙也加は思わずにはいられない。

完全な八つ当たりだと知っている。

だが。

――なんで?

――どうして?

――今更?

グッグッと込み上げるモノは止まらない。

そんな自分勝手な自分が、沙也加は嫌いだった。自己嫌悪で頭の芯《しん》がズキズキする。

その上、今度は……。

「このたびは本当に大変でしたねぇ。極悪非道な父親を持つと、ホント、子どもはたまりませんって」

瞬間。沙也加の顔からスッと血の気が引いた。

「一番下の弟さんもビックリしたでしょうねぇ。ドロボーと思ってバットで殴りかかったら、それが実の父親だったなんて……。引きこもりの上に、更に取り返しのつかないトラウマになってしまったんじゃないですかねぇ」

借金で首が回らなくなった父親が家の権利証を持ち出そうとこっそり忍び入り、裕太《ゆうた》に金属バットで殴られて腕を骨折した事件は、沙也加にとっても衝撃的だった。

——いや。

ただ愕然《がくぜん》としたというより、まさに呆然《ぼうぜん》絶句だった。

父親が、そこまでバカな恥曝《はじさら》しだとは思わなかった。

むろん、それもあるが。父親に捨てられた現実から目を背けて引きこもりになってしまったあの裕太が、父親にバットで殴りかかって怪我《けが》をさせてしまったことが沙也加には一番信じられなかった。

突然飛び込んできた衝撃ニュースで事件のあらましを知った加門《かもん》の祖父母もビックリ仰天し、男が口にしたように、裕太が新たなトラウマを抱え込んでしまうのではないかとひどく心配していた。

それで、今度こそ裕太を加門の家に引き取るつもりで雅紀に直談判をしに行ったのだが。それも、徒労に終わってしまった。

雅紀がどうの……というより、裕太本人が篠宮の家を出ることを完全拒否してしまったからだ。

裕太が何を考えているのか、まるでわからない。

そうまでしてあの家に固執している気持ちが、沙也加にはまったく理解できない。

「お兄さんの会見は、ご覧になりました？　いやぁ、ホントにもう、情け容赦ないメッタ斬《ぎ》りでしたねぇ。あれって、やっぱり、恨み骨髄《こつずい》ってやつですかぁ？」

沙也加の心情を逆撫《さかな》でするように、男はペラペラとまくし立てる。

事情聴取という名目で裕太が保護された勝木《かつき》署に設けられた一室で雅紀が行った会見は、件《くだん》の暴行事件のときのインパクトには敵《かな》わないが、それ以上のスキャンダラスな展開で繰り返し何度も放映された。

《ＭＡＳＡＫＩさん、末の弟さんが勝木署に保護された経緯をお願いします》

《本日午後一時頃、リビングに不審者が侵入して、それに気付いた末の弟が撃退した。そういうことです》

《弟さんに金属バットで殴られた不審者は実のお父さんだということですが、間違いありませんか？》

《——はい》

とたん。どよめきともつかぬモノがうねり渦巻き、凄《すさ》まじい数のフラッシュが炸裂《さくれつ》した。

しかし。いっそ見事に、雅紀は表情ひとつ変えはしなかった。

トップモデルとして数限りないフラッシュを浴びることに慣れきっていて、そこが大がかりなファッションステージであろうが警察署内の狭い会見場であろうが関係ない。それはふてぶてしいまでの余裕というよりはむしろ、雅紀の理知的な美貌が醸し出す超然とした品格を際立たせずにはおかなかった。

《お父さんであれば、不審者とは言えないのではありませんか？》

ツッコミどころはそこしかないッ！　——とばかりに、妙に気合いの入った声で質問者がたたみかける。

だが。

《親としての責務を何もかも放棄して家を出て行った男を、父親とは呼ばない。皆さんがどう思われているのかは知りませんが、私たち兄弟にとって、あの男はすでに赤の他人です》

玲瓏《れいろう》な美声は微塵《みじん》も揺るがない。

実父を『あの男』呼ばわりをして憚《はばか》らない口調には、辛辣《しんらつ》さとは別の酷薄さがあった。理不尽な仕打ちに対する憤激が凍って憎悪になる。それは、尚人を襲った暴行犯に対するモノとは真逆な温度差があって、ある意味、沙也加は絶句した。

血の繋がりがあるからこその、どうしようもない——確執。

沙也加がそうであるように、雅紀も父親を切り捨てにすることをためらわない。それが、自分と雅紀の中で唯一齟齬《そご》のない証《あかし》のようにも思えて、沙也加の胸はズクリと疼《うず》いた。

《弟さんが金属バットでお父さん……いえ、篠宮慶輔《けいすけ》氏に殴りかかったのは、故意ではなく不測の事態であったということですか？》

父親に見捨てられた子どもが怒りにまかせてバットで殴りかかる。状況から判断すれば、それは立派に怨恨《えんこん》だろう。

声《言葉》にはしないだけで、質問者が思っていることはダダ漏れもいいところであった。

《鍵《かぎ》のかかっている室内に侵入した不審者を泥棒と間違えて撃退したら、それがあの男だったというだけのことです》

《怨恨による過剰攻撃ではなく、あくまで正当防衛だったと？》

《問題をすり替えないでもらえませんか》

《それは、どういう意味ですか？》

《今、問題にすべきなのは弟の心理状況ではなく、あの男の不適切な行動でしょう。それでもなお何の確証もなしに弟を凶暴な暴行犯呼ばわりにするのなら、今ここで、私はあなたとその所属機関に対して正式に抗議します》

淡々とした口調に、それと知れる芯が通る。

声を荒げたわけではないのに、鋼《はがね》のごとき意志を孕《はら》んで美声がしなる。

同時に。コアなファンの間では『インペリアル・トパーズ』と呼ばれる金茶瞳が怜悧《れいり》な輝きを放って質問者を射抜く。

まさか、そんな切り返しで横っ面を張られるとは思っていなかったらしい記者は、マイクを手にしたまま不様に固まってしまった。

対照的なその光景が、リアルタイムで流されるセンセーション。端から役者《格》が違うのだと印象づけるには充分すぎて、下手《へた》なドラマを見ているよりもよほど緊張した。

その強すぎる視線は不遜《ふそん》な発言で雅紀の逆鱗《げきりん》に触れてしまった男に向けられたもので、テレビの前の不特定多数の視聴者に向けられたものではない。それでも、思わずドキリと心臓を鷲《わし》掴《づか》みにされた者は多いだろう。沙也加がそうであったように……。

重く張り詰めた——沈黙。

テレビの画面を通して、その場のリアルを共有する。

演技ではない臨場感。

雅紀には、どんな名優も寄せつけないような凄《すご》みがあった。

《篠宮氏が、なぜ、そんな不適切な行動を取ったのか。その理由をご存じですか?》

金縛りになった男に代わって、別の記者が声を上げた。

それで、ようやく、静止した時間が動き出す。

《投資に失敗して借金で首が回らなくなり、家の権利証を持ち出そうとしたのだと思います。あの家を売って現金化する以外に金策がなかった。つまりは、そういうことでしょう》

雅紀の言葉に、室内が大きくどよめいた。

嘘……。

そんな話は——知らない。

聞いてない。

沙也加は愕然と双眸《そうぼう》を瞠《みは》った。
同じように、食い入るようにテレビを凝視している祖父母にとっても、それは初耳だったのか。まさに、呆然絶句――だった。
《それは、事実ですか?》
《篠宮氏が、それを認めたんですか?》
《どうなんですか、MASAKIさんッ!》
新たなスキャンダルに群がるピラニアのように、記者たちは我先にと声を張り上げ質問をブチ上げた。
そんな記者席を視線でひと舐《な》めして黙らせ、雅紀はゆっくりと口を開いた。
《そういう確執があったのは事実です。ですが、私がここで何を言っても、今更、あの男が自分の非を認めるとは思えません。ただ、私的には、今回の騒動の根源がそこにあることを信じて疑いません。あの家は、家族を捨てていった男から私たち兄弟が当然もらうべき慰謝料です。なので、この先、二度とこんなことが起きないよう、早々に然るべき手段を講じたいと思っています》
きっぱりとそれを口にした雅紀は、最後の最後、今回のことで父親に対する感情の痼《しこ》りの度合いを問われて。
《今となっては、感情を揺らす価値もない視界のゴミにすぎません》

冷然と、辛辣に言い放った。

——瞬間。

会場が不気味なほどに静まり返った。

実の父親を『視界のゴミ』呼ばわりをして憚らない息子。

それがただの強がりでも意固地でもなく、雅紀が心の底からそう思っているのがわかる。だからこそ、自分もその父親と同じように雅紀に切り捨てられた存在であることが……痛い。

キリキリと痛くて。

ジクジクと疼きしぶって。

抉《えぐ》れた傷は膿《う》むだけで……癒えない。

いまだに。

たぶん——この先もずっと。

なのに。

その傷口を、いかにも胡散臭げな見知らぬ男が無理やりこじ開けようとする。

不快感が込み上げて、口の中がザラついた。

男に対する拒絶感で、それと知れるほどに顔が強《こわ》ばる。

「それで、ですね。オヤジにはオヤジの言い分っていうか、借金まみれで首が回らなくなった男の逆ギレの逆襲っていうんですかぁ？　赤裸々な告白本を出す——みたいな話は、聞いてます？」

いきなり、まったく思ってもみない話を切り出されて、沙也加は唖然《あぜん》とする。

（……ウソ）

男をマジマジと凝視し、コクリと生唾《なまつば》を呑み込む。

「なので。まぁ、一方の言い分だけを取り上げるのは不公平でしょ？　だから、そこらへんの話をですね、聞かせてもらえませんかねぇ」

それでようやく、この見るからに胡散臭い男がゴシップ雑誌の記者であることを知った。

「話すことなんか、ありませんッ」

反射的に吐き捨てて、沙也加はぎくしゃくと歩き出す。

だが、男は執拗《しつよう》だった。

「ちょっと、待ってくださいよぉ」

気色の悪い猫撫《ねこな》で声で追いすがって。

「ねぇ、沙也加さん」

いきなり、沙也加の腕を掴んだ。

その汗ばんだ感触に、思わず鳥肌が立つ。

「イヤぁッ。さわらないでッ！」

思いっきり、男の手を振り払う。

しかし。

「いいじゃないですかぁ。そんな、邪険にしなくても」

男はヘラリと笑って、しつこくまとわりついてきた。

一度や二度拒絶されたからといって引き下がっていたのでは、ゴシップ雑誌の記者《ライター》など務まらないに違いない。

「お兄さんがきっぱり、しっかり、くっきり、視界のゴミ呼ばわりするくらいですから。あなただって、極悪非道のクソオヤジにはいっぱい言いたいことがあるでしょお？　だから、そこのところをですね……」

「ありませんッ！」

眦《まなじり》を吊《つ》り上げて、キッと睨《にら》む。

「そりゃ、ウソでしょお？　一人娘として、自殺したお母さんのためにも、この際、何か一言ですね」

男が、無神経に沙也加の地雷を踏んだ。

顔面から——いや、全身から血の気が引いていく音がして。瞬間、沙也加の視界にノイズが走る。

自殺したお母さん。

お母さん………。

オカアサン…………。

「やめてッ！」

まとわりつく男を、思うさま突き飛ばす。

「おっ、とっとぉ〜〜ッ」

ヘラリと笑った男の顔は、スキャンダルの匂《にお》いをかぎつけたハイエナのそれだった。

沙也加の蒼《あお》ざめた顔つきに、それまで成り行きを凝視していた友人たちが慌てて駆け寄ってくる。

「やめてくださいッ」

「しつこくしないでッ」

「警察を呼ぶわよッ」

口々に喚《わめ》き立てる友人たちの剣幕に、男は半歩後ずさる。

「や……そんな、大袈裟《おおげさ》なぁ。ワタシはただ、ちょっとお話を……」

そんな男には目もくれず、友人たちは沙也加の両脇をしっかりガードするように足早に駆け出した。

その背中に向けて、男は懲《こ》りずに叫ぶ。

「気が向いたら、お電話くださーい。ワタシ、いつでも時間を空けて待ってますからぁッ」

いやッ。

……嫌ッ。

…………イヤぁッ！

なんで？

——どうして？

あんな最低最悪な男《父親》のために、なぜ、自分が。どうして、こんな不愉快な思いをしなければならないのか。

（尚だって、裕太だって、お兄ちゃんがちゃんと護ってくれてる）

必要に迫られて仕方なく……とはいえ、ふたつの会見で共通だったのは、暴行犯と父親に対する押し殺した怒りと弟たちへの静かだが確かな情愛。

なのに。

——どうしてッ。

自分には、何の守護もないのか。

誰も護ってくれない。

ハイエナの餌食《えじき》から、誰も沙也加を護ってはくれない。

（ズルイ……）

同じ妹弟なのに。

（あの子たちだけ——ズルイッ）

弟たちだけが無条件で雅紀に庇護《ひご》されているという現実と、どうしようもない疎外感。

（こんなの……不公平じゃないッ）

沙也加は、今更のようにそれを実感せずにはいられなかった。

§§§　§§§　§§§　§§§

波瀾《はらん》万丈な人生。

そんなことを人前で平然と口にできる人間は、ごくわずかな選ばれた者が自身のサクセスストーリーを語る上での詭弁《きべん》でしかない。

詭弁でなければ、あざといだけの自慢話。

ごくごく普通の人間は、本当に辛《つら》くて苦しいだけの過去を白日の下に曝したいとは思わないだろう。

楽しさは他人と語り合えば倍加するかもしれないが、痛みは薄れたりしない。

触れて欲しくない過去。

それを無理やり暴かれる苦痛は、人前で強姦《ごうかん》されるのと同じだ。

たとえ、沙也加自身が、

【何の刺激も驚きもない、退屈であくびが出る平々凡々な毎日】

心底それを願っても、周囲の状況がそれを許してくれない。

なんで。

——今更。

どうして。

——放っておいてくれないのか。

父親が愛人を作って家を出て行ったとき、沙也加の日常は打ち砕かれた。

誰もが羨《うらや》む『理想の家族』がただのまやかしにすぎなかったのだと、突然思い知らされた。

呆然と自失して。

憤激のあまり、絶句して。

——蒼白になった。

『父親』という存在が欠けただけで『幸せ』という定義が崩れ去る現実を、嫌というほど実感させられた。

同じ不測の事態でも、ただのアクシデントと不毛なスキャンダルとではその差も歴然としている。

——ウソよ。

――イヤよッ。

――ナゼよッ？

言葉にならない慟哭で視界が歪《ゆが》み、その憤激で足下がグラグラになった。

それでも。

まだ、護るべきモノがあった。

（……大丈夫）

沙也加の中で唯一喪《うしな》えないモノがあったから、気丈に踏ん張っていられた。

（あたしは……負けない）

自分たちを捨てていった父親に対する、嫌悪。

同情と憐憫《れんびん》を隠さない周囲への、意地。

そして。逆境に負けてたまるか……というプライド。

沙也加自身、まさかそんなものが生きる糧《かて》になるとは思ってもみなかったが。落ち込んでも自分から投げ出してしまわない限り、家族の絆《きずな》は喪われない。それを、強く意識しないではいられなかった。

父親が欠けても、自慢の兄がいる。

優しくて頼り甲斐《がい》のある雅紀がいてくれさえすれば、沙也加には何の不満もない。

けれど。

——裏切られた。

それも、二重の意味で。

大好きな兄が母親と肉体関係にあるというショッキングな事実に沙也加は言葉を失い、蒼ざめ——逆上した。

穢《けが》らわしい。

悔しい。

——赦《ゆる》せないッ。

憤怒と憎悪の激情は、

『お母さんなんか、死んじゃえばいいのよぉおッ！』

投げつけた言葉通りに母親が自死して、沙也加を永遠に縛り続ける呪詛《刻印》になった。

ひどい裏切りだ。

死んで、自分だけ楽になろうとしたエゴイスト。

一生消えない傷を刻みつけたまま逝《い》った母が——憎い。

家族を捨てて愛人に走った父親には、今更揺らす感情の波もないほどあっさり切り捨てられたのに、母親が死んでも母親に対する根深い拒絶感は消えてなくならない。

男と女がセックスしなければ、子どもは生まれない。

そんなことは、当たり前の常識である。

だが。子どもにとっての父親と母親は、あくまで父性と母性の象徴であって、そういう、、、リアルな生々しさとは無縁だった。

父親が愛人に走って『父性』という虚像が壊れたときには、自分たちを踏みつけにされたという憤激しかなかった。

いい歳《とし》をした中年のオヤジが若い女と不倫する。

それが自分の父親であるという生理的な嫌悪と怒りはあっても、殺してやりたいと思うほどの価値はなかった。

人を踏みつけにしたら、いつかは絶対に踏みつけ返されるに決まっている。

そう思ったから、いっそスッパリと切り捨てにできた。

しかし、母親は違う。

雅紀をセックスで穢した母親の『女』が、沙也加は吐き気がするほど嫌いだ。

そんな『女』が自分の母親であることが、許せない。

実の息子とセックスするような女の穢らわしい血が自分の中に流れているのかと思うと――ゾッとする。

サークル仲間の気楽なコンパには出ても、セッティングされた合コンには誘われてもまず足が向かない。友人としての異性関係はあっても、それが一対一の恋愛モードに移行することはない。

自分にはやりたいことがあって、それを達成するまでは余所見《よそみ》をしている暇がない。それがただのこじつけにすぎないことを、沙也加は知っている。

父親のことがあっての男性不信——なのではなく、人に対する好悪感というごく自然な感情の行き着く先に嫌悪と抵抗感がある。

どんなに情熱的な恋愛も、いつかは冷める。

それが当たり前……なのではなく、自分が穢らわしい母親と同じ血を引く『女』なのだということがだ。

あれだけ踏みつけにされても、頑《かたく》なに離婚を拒み続けた母親の真意がどこにあったのか。それは、わからない。

——知りたくもない。

母親は穢れた存在のまま、沙也加の心に深々と抉れた傷を残して死んだ。

赦せるわけがない。

自分は、母親のように男に依存するしか能がない女にはならない。

そのために学ぶべきことを学び、自立した女になる。それが、沙也加の目標とする人生設計だ。

それでも。異性からのアプローチは引きも切らない。

真摯《しんし》に心情を告白されるたびに、古傷《トラウマ》が疼く。

思い出したくもないのに、母親と兄との不浄な関係が不意にフラッシュバックする。

幸せだった頃の思い出はすっかり色褪せてしまったのに、それだけが、脳裏にこびりついて離れない。

見てしまった——知ってしまった衝撃は去っても、疼きしぶるものは引かない。

色も。

音も。

——匂いも。

それに繋がるモノはすべて記憶から抹消してしまいたいのに、傷口はジクジクと膿むだけで消えてはなくならない。

だが。そんな内面的なトラウマも葛藤《かっとう》も、周囲には何の関係もない。

いや。聞かれもしないことを自分から語る必要もないし、そこまで深く他人と関わり合いになりたいとも思わない。今は——まだ。

告白されても振るだけで、いまだに誰にもなびかないのは理想が高すぎるから。同年代の男子なんか眼中にないのが、ミエミエ。

いろいろ言われているのは、知っている。

美人はお得——的な陰口を叩かれるのも慣れた。

付き合う気にもならないのに告白される煩《わずら》わしさが『お得』だというなら、そんなものはいらない。

ついうっかりでそれを口にすれば嫌というほどバッシングを買うだけだから、チラリともそんな本音を漏らしたことはないが。

沙也加には、夢がある。

そのための努力を惜しまず、精進を怠らなければ夢は夢でなくなる。そうすれば、どこか欠けたところがあっても自分自身の足でしっかり立っていられる。

そう、思っていた。

家族が崩壊して、自分たち兄妹弟《きょうだい》はどこかしらいびつに歪んでしまった。

清廉潔白だった兄は、穢れ。

次弟は兄の言うなりで、家事をこなすことしか能がなく。

末弟は、誰にも心を開かない引きこもりだ。

そして、沙也加は。母親を憎悪しながら、その死に様に対しての罪悪感から抜け出せない。

――が。

あの日。

高校時代の友人を見舞いに訪れた病院で、沙也加は偶然に尚人を見てしまった。

カリスマ・モデル『ＭＡＳＡＫＩ』として業界に君臨する兄の近況は、ファッション雑誌やＣＭなどで折に触れて視界に入ってきたが。五年ぶりに見た弟は、ある意味、衝撃的だった。

よくも悪くも、沙也加の抱いていた予想《イメージ》を完璧に裏切るほどに。

目から鱗《うろこ》が落ちる。

——とは。まさに、あの瞬間を言うのかもしれない。

しなやかな清涼感。

第二次成長期ホルモン出まくりな男子高校生であるはずの弟に、まさか……そんな無垢《むく》な色香を感じるとは思ってもみなかった。

変に色気づいているのではなく、艶《あで》やかなのだ。

芯が通った無色透明な貴《あでや》かさ。

ハッとした。

ドキリ——とした。

そうして。初めて、気付いた。弟たちに対する沙也加の価値観は、五年前のあの日で止まっていることに。

『お姉ちゃんだって、おれたちを見捨ててひとりで逃げ出したくせにッ。今更、説教がましく姉ちゃん面すんなッ！』

電話の受話器を通して投げつけられた言葉が、不意に甦《よみがえ》る。

あのとき。

沙也加は、裕太が何も知らない——現実に目を背けてばかりの甘ったれだとばかり思っていたが。もしかして、それは、思い違いだったのだろうか。

あの日。

尚人を見て感じた違和感という名の五年の歳月は、そのまま裕太にも当てはまるのかもしれない。

ふと、それを思って。沙也加は、しんなりと眉をひそめた。

《＊＊＊代弁者の環《わ》＊＊＊》

翔南《しようなん》高校緊急保護者会……。

雅紀《まさき》がその連絡を受けたのは、グラビア撮影を終えた直後のことだった。

まるでタイミングを見計らったかのように、尚人《なおと》のクラス担任から携帯に電話があった。

今どきはプライバシー保護のためということでクラスの緊急連絡網などはなく、通常は事前のプリントで済む連絡事項も、前期課外授業が終わったばかりの夏休み中ということもあり、担任と副担任が分担して電話連絡をつけているということだった。

（学校側も連チャンで大変だなぁ）

何の含みもなく、そう思う。

教師もサラリーマン化して質が落ちてきた——などと陰口を叩かれても、このご時世だからこそ仕事はそれなりに山積みなのかもしれない。

自転車通学の男子高校生ばかりを狙った悪質な暴行事件では三人の被害者を出したこともあり、その対応に追われまくりで。その三人目の被害者である尚人のクラスメート桜坂一志《おうさかかずし》が暴行犯と格闘し、その後の犯人一斉検挙のきっかけを作ったのはあまりにも有名な話である。

もっとも。警察から犯人逮捕に協力した功績で感謝状をもらっても、その後の展開があまりにもスキャンダラスであったことを思えば、桜坂の胸中はかなり複雑だったに違いない。

——が。

まさか。

桜坂自身、自分が緊急保護者会において議題の主役を演じる羽目になるとは、まったく予想もしていなかっただろう。

しかも。傷害事件の被害者として……などというのは。

(本当に、人生、いつどこで何が起こるかわからないってことだよな)

高校時代に『人生最悪な転機』というやつを実体験してしまった雅紀にとって、今回のことは決して余所事《よそごと》ではない。

なぜなら。桜坂を斬りつけた野上光矢《のがみこうや》は尚人同様、翔南高校では二人目の被害者であり、事件のトラウマで家から一歩も出られなかった野上を学校に復学させるために尚人が尽力したという経緯があったからだ。

それを口にすれば、尚人は、

『そんな大袈裟なことじゃないよ』

本音で否定するだろうが。雅紀に言わせれば、大袈裟でも何でもない。

時間的にも、精神的にも、無料ボランティアには過ぎるほどの尽力——である。

野上の親にもできなかったこと——暴行事件のトラウマを癒やしてやり、その結果として見事に復学させてやったのだから、その功績はまさに表彰ものである。

冗談でもそんなモノを欲しがる尚人ではないが、一面識もない後輩のために尚人が払ったものはそれ以上の価値があると雅紀は信じて疑わない。

自分には、とうてい真似《まね》のできないことである。

いや。尚人と同じことをしろと言われても、誰にもできないだろう。途中で挫折《ざせつ》するか、逆ギレするか、ストレスで胃に穴が開くか。まぁ、そんなところだ。

実際のところ。雅紀は、尚人が野上に対してどんな手紙を書いたのかは知らない。

だが。そこに書かれた真摯な言葉に共感し勇気づけられたからこそ、野上はプロのカウンセラーにではなく尚人だけに心を開いたのだろう。

暴行事件の被害者——同じ痛みと恐怖を知る者として、尚人は、野上を放ってはおけなかった。言ってみれば、尚人と野上の共通点はそれに尽きる。

事件のショックで竦《すく》んでしまった心に、無償の好意で差し伸べられた手。

何の見返りも求めない、ただの同情でも憐憫でもない純粋な善意。

けれども、野上は身勝手な勘違いをした。ただの善意を、意味のある行為だと。

優しさは好意の証。尚人が差し伸べた手の温《ぬく》もりがヤミツキになって、欲をかいた。

自分の心情を本当に理解できるのは自分と同じ傷を持つ尚人だけだと、頑なに思い込んでしまった。冷静に考えれば、一面識もなかった後輩のためにできることなどたかがしれていることに気付くはずだが、野上は餓えきっていたのだろう。自分と同じシンパシーを持つ者との絆を。それが、更なる不幸を呼び込んでしまうことになるとは気付きもしないで。

本音をブチ撒《ま》ければ。この世の中に無償の善意などないと、雅紀は思っている。

そんなものはただの詭弁であり、欺瞞《ぎまん》であり、美化された自己満足にすぎない。

だから、雅紀は『ボランティア』という言葉が嫌いだ。相互助力という精神までは否定しないが、無料奉仕が人間としてさも当然のことのように強制する連中には虫酸《むしず》が走る。

【自分ではない誰かのために、ささやかな善意を】

そんなキャッチ・コピーすらもが嘘臭く思える自分は、相当に歪んでいるのかもしれない。否定はしない。雅紀自身、他人に迎合するのが大嫌いなエゴイストであることを自認しているので。

ギブ・アンド・テイク。

それがドライな考え方だと決めつけるのは簡単だが、ただの自己満足を『ボランティア』という言葉で誤魔化すような偽善者よりはよほどマシだと思う雅紀だった。

『タダより高いモノはない』

至言《しげん》である。

結果。尚人という特効薬に溺《おぼ》れて、野上は自分を見失ってしまった。

——いや。高校入学したての十五歳には、見失うほどの自己すら確立できていなかったのかもしれない。

今回のそれは無償の善意というより、尚人が持つ寛容さの本質に近い。

「俺が何を言っても、なんか……傷を舐め合うだけのような気がする」

そう言いつつ、野上の母親の頼みを無視できなかったのは、

「こもりっきりっていうのは、やっぱりよくないかなって。俺は……同年代の友達がいてくれて、すごく楽になれたから」

尚人本人の経験を踏まえた上で、野上にも深呼吸できる場所を見つけて欲しいという想いがあったからだ。

しかし。尚人自身がその『避難所』になるつもりがなかったのは、明白だった。

そこらへん尚人はちゃんとわかっていて、逆に雅紀はホッとした。

実のところ。尚人の口から野上関係の話を聞かされるのは、雅紀としてもあまり気分のいいものではなかった。尚人の関心がほんのわずかでも自分以外に向くのが、許せないからだ。

たとえ、尚人にそのつもりがなくても嫉妬《しっと》に駆られてしまう。

雅紀は、自分の愛情がひどく屈折していることを自覚している。

その核になっているのは偏執的なまでの独占欲で、情欲のベクトルは尚人ひとりに向けて振

り切ってしまっている。

なぜ？

――と、問われてもわからない。気が付いたら、そうだったのだ。

それが兄としては異常だと自覚してはいても、今更、後戻りはできない。尚人を手放す気などないからだ。

尚人を抱いて、癒やされ。その愛情に満たされているから、自分は正気でいられるのだ。

弟に肉体関係《セックス》を強要している男が人間としてまともであるとは言えないが、そんな常識論などクソ喰《く》らえ……だった。

とにもかくにも、雅紀が野上のことを語らせておいたのは、復学した野上の処遇を巡って、尚人の立場が思いがけない方向に引き摺《ず》られていくのが気になったからだ。

ただ黙って手を引いてやるのは優しさとは言わない。時と場合によっては、谷底へ蹴落《けお》とすくらいの荒療治が必要なこともある。

――しかし。

トラウマを克服しようと頑張っている野上に、必要以上のストレスをかけてはマズイ。

それが学校側の方針……いや、全校の暗黙の了解になってしまっていると言ったのは桜坂だった。

「俺らに言わせれば、なんで野上ひとりのために篠宮がそこまでしてやらなきゃならないのか……。ムカつくのを通り越して苛々《いらいら》します」

期せずして、桜坂の危惧《きぐ》は別の意味で現実化してしまった。

「いいかげん、一人で立って歩けッ！」

尚人の代わりにその言葉を投げつけた桜坂に野上が逆ギレし、手にしたハサミで桜坂を刺してしまったからだ。

無償の善意のはずが、ほんの少しずつ歪み狂っていく。

誰もがその予兆を感じながら『トラウマ』という現実がネックになって、修正すべきための一歩が踏み出せなかった。

その責任はどこに、誰に――ある？

雅紀的には、それは野上の親が全面的に負うものだと思っている。

自分ができないことを他人任せにした親の怠慢だ。果たして、その責任を負う覚悟が野上の親にあるのかどうかは知らないが。

今回の緊急保護者会の議題が、事件の事後報告になるのは間違いない。

だから、雅紀は時間を作ってでも出席することにした。

尚人が、桜坂が刺されたことに対して責任を感じているのが丸わかり……だからではない。

保護者会という場で、学校側が何をどう釈明し、責任の在処《ありか》をどのように認識しているのかをきちんと自分の目で確かめておきたいと思ったからだ。同様に、保護者側の本音も。

§§§§　§§§§　§§§§　§§§§

翔南高校講堂。

午後七時、少し前。

雅紀がその姿を見せると、ざわついていた講堂内が一瞬にして静まり返った。いっそ、不気味なほどに。

高校生の保護者――を語るには、あまりにも場違いとしか言いようのない若さが。

完璧すぎて近寄りがたい美貌が。

長身から繰り出される、しなやかな足取りが。

何より、他の追随を許さないカリスマ・オーラが。

雅紀を雅紀たらしめているモノが、束の間、講堂内を異次元に誘《いざな》う。

集まった保護者は、一連のスキャンダル報道で雅紀が尚人の親代わりであることは認識済みであっても、まさか、超多忙なスケジュールをこなす有名人がこの場に来るなどとは夢にもおもわなかった――らしい。むろん、学校関係者も同様に。

本来ならば、間近で素顔を拝むことすらできないだろうカリスマ・モデル『MASAKI』の登場に、誰もが呆然絶句状態であった。

もし、これが、緊急保護者会でなければ。あるいは、ミーハーな嬌声《きょうせい》が渦を巻き、携帯カメラの無粋なシャッター音が鳴り響いたかもしれないが。さすがに、ティーンエイジャーにはないTPOをわきまえた常識は持っている——ようだった。

そんな中、雅紀は眉ひとつ動かすことなく最後列の空いた席に座った。

「えー、それでは。時間になりましたので、始めたいと思います」

最初にマイクを握ったのは、進行役の総務部長だった。

「本日はお忙しい中、緊急保護者会にご出席いただき、まことにありがとうございます」

前置きのあと、今回の議題であるところの事件報告があった。

事件は、課外終了後の学習室で起こったこと。

野上《加害者》は学習の遅れを取り戻すために別室《学習室》で勉強をしていたこと。

桜坂《被害者》は、自らの意志で学習室にやってきたこと。

そこで二人の意見の食い違いがあり、野上が衝動的に桜坂を刺したこと。

凶器は筆箱の中のハサミであったこと。

桜坂の傷が全治一ヶ月であること。

桜坂の反撃を喰らって、野上が鼻骨を骨折したこと。

事件当日、雅紀が知り得た情報よりも更に詳しい報告が成された。

尚人がその現場を目撃して発作を起こしたことはあくまでプライベートな事情であり、他の保護者が知る必要のないこととして伏せられたが。校内で起こったショッキングな事件に関連したことには違いなく、ある意味、公然の秘密も同然なのは否めない。

ちなみに。今回の事件はローカルニュースではなく全国ネットで流れた。

なにしろ。桜坂は件の暴行事件解決の功労者《ヒーロー》である。警察からは表彰もされたし、桜坂本人としてはありがた迷惑もいいところだったかもしれないが新聞には顔写真入りで実名報道された。

そんな『時の人』が校内で刺されたのだ。しかも、暴行事件の被害者であった野上に。

マスコミが食いつかないわけがない。

一難去って、また一難。

暴行事件が落とした陰は、存外に大きい。

いや……。根が深いということを、まざまざと世間に見せつけてしまった。

例の暴行事件からこっち、県下随一の超進学校というだけでなく、様々な意味で翔南高校のネームバリューは一気に跳ね上がってしまった。

テレビの影響は侮れない。

よくも悪くも、それを痛感した関係者は多いだろう。

　そのせいで、よけいな気苦労が増えたのは言うまでもないことである。

　特に、有象無象の不審者がむやみに校内に立ち入らないようにセキュリティー関連には力を入れざるを得ないのが現状である。それは、ＰＴＡ会報という形で保護者にも通達された。

　そのための予算計上ともなれば、必然的に保護者への金銭負担に跳ね返る。

　我が子の進路や成績が絡む個人面談であれば別だが、普段、ＰＴＡ総会などへの出席者はほんの一握りで、たいがいの親は委任状を出して終わり――というパターンである。

　それは何も翔南高校に限ったことではなく、どこの高校も似たようなモノだろう。

　面倒くさいことは、とりあえず学校《他人》まかせ。

　――が。一連の事件は、そんな保護者の無関心ぶりをも痛打した。

　皮肉といえば皮肉だが、今夜の保護者会もその例に漏れない大盛況であった。

　事件が事件だけにより深刻……で、間違っても他人まかせの余所事ではない。

　この保護者会のことも、いったいどこから漏れたのか、正門前には『知る権利』を振りかざす報道関係者《マスコミ》の姿があった。

　夜の暗がりということで雅紀は単なる伊達《だて》メガネというスタイルだったが、もしかしたら、目敏《めざと》い連中がいたかもしれない。

　そんなマスコミの動向も予測の範疇《はんちゅう》であったのか、正門でのセキュリティー・チェックは物々しいほどに厳重だった。

以前。件の暴行事件絡みで、保護者になりすましたマスコミ関係者に保護者会のリアルな本音が満載な内容をスッパ抜かれた——としか思えないような詳細な暴露記事が掲載された他校の事情もあり、当時はどこの高校も必要以上にピリピリと神経質になっていた。

今夜の保護者会も、翔南高生の親であることを証明するために我が子の生徒手帳持参が必須《ひっす》条件であった。

そこまで神経質にならなくても……と思っていた保護者も、正門に陣取ったマスコミを目にしたら、その考えの甘さを痛感して気が引き締まったことだろう。

いまだ暴行事件の爪痕《つめあと》が癒えない他の高校にとって、尚人と野上の関係は、事件のトラウマを克服するための成功例——謂《い》わば一種のモデル・ケースとして注目されていたらしい。

それが一転、最悪な展開になってしまったのだ。期待を寄せていただけに、学校関係者も呆然……だったに違いない。

雅紀に言わせれば、いっそ呆《あき》れて言葉もないだけだったが。

一通り学校側の説明が終わると、すぐさま質疑応答に入った。

その多くが学校側に対する不信感——つまりは感情論で、雅紀的には特に耳に残るモノではなかった。

先の暴行事件はあくまで自転車通学者に限定された校外での突発的なアクシデントだったが、今回は校内での傷害事件だ。その影響は計り知れない。口々にそれを強調する保護者の方が必要以上にパニクっているのではないかと、雅紀は内心眉をひそめずにはいられない。

事件後の生徒の心のケアを求めてカウンセリングの実施を要求し、学業に支障が出ないようにするにはどうすればいいのかを問い質《ただ》す。果ては、事件関係者のきちんとした釈明を求める声まで上がり、雅紀は半ばうんざりとため息を漏らした。

(保護者会がテレビのワイドショー並みに毒されてどうすんだよ?)

期待外れもいいとこ……。

言ってみれば、それに尽きる。

(これ以上は時間の無駄だよな)

どこかの誰かが見当外れの熱弁をふるっている途中で、雅紀は静かに立ち上がった。

——と。

それに気付いた誰かが、ハッと身じろぎ。それが一気に伝播《でんぱ》するかのように講堂内がザワリと波打った。

ピンと張り詰めた空気が、不意に撓《たわ》む。

なんとも言いがたいザワザワ感が途切れない。

——が。

踵《きびす》を返した雅紀の歩みは止まらない。

「あのッ。篠宮《しのみや》さんッ」

唐突に名指しされて、ふと、雅紀の足が止まる。

そのままゆったりと振り返った雅紀に、講堂内のすべての視線が集中した。

ごく普通の一般人ならば、突き刺さる視線の圧力にビビって思わず腰が引けてしまったかもしれない。

しかし。雅紀はしごく平然と受け止めて――跳ね返した。

ド素人《しろうと》の視線ごときにドッキリしてグラついてしまうようでは、ステージ・モデルなどやっていられない。見られることが快感――なのはただの露出狂であって、プロはいかに自分を魅《み》せるかに腐心する。

その気になれば、ここがただの講堂であっても、雅紀はスポットライト効果を演出できる自信がある。しかし、金にもならないボランティアで『MASAKI』を降臨させても意味がない。だから、ほんのわずか、眼力のバリアを張っただけだった。

それだけでも、免疫のない保護者たちにはなにがしかの緊張感が走った。

「あの……その……篠宮さんは、今回のことについて……どう、思っていらっしゃるのでしょうか?」

発言者がどこの誰だかわからなくて、雅紀は微《かす》かに目を眇《すが》めた。

「ぜひ、ご意見を伺わせてください」

口調はあくまで下手だが、意気込みになにやら含みを感じる。

その発言で一気に火がついたように、賛同のざわめきが巻き起こった。

「お願いします」

どこか勝ち誇ったような言い様に、強制的参加を促すような拍手が鳴り響いた。

雅紀にしてみればよけいなお世話もいいところで、まさしく、舌打ちでもしたい心境だった。

すると。

「そういう名指し的な発言を強要するのは、いかがなものかと思います」

別方向から、反論が上がった。

押せ押せのノリノリだったざわめきが、一瞬、静まり返る。

「この保護者会の主旨は学校側との質疑応答であって、挙手されない方をあえて強制指名してご意見を伺う場ではないと思います」

「賛成です」

反論を支持する声が続く。

保護者の視線が流れ、止まり、また泳ぐ。

「ですが。今回、篠宮さんの弟さんは事件の当事者ではありませんが、まったくの無関係ではないはずです」

——瞬間。

雅紀の眦がわずかに吊り上がった。

野上が学習室にいた裏事情は誰でも知っていることで、公然の秘密ではない。だが。今、この場でそれを口にするのは、わかっていて反則技を繰り出すようなものだ。興味本位ではないと誰が言い切れるだろう。実質、それ以外ではあり得ないのだから。

しかし。

「その通りだと思います」

「いろいろ差し障りがあって当事者のお話が伺えないというなら、第三者的立場にいらっしゃる方のご意見なら、よろしいのではないですか？」

ザワザワと、またぞろ場がざわつく。

「学校側の通り一遍の説明だけでは不十分だと思います。納得できません」

拍手が一段と大きくなる。

何がムカつくといって。当事者でもないのに、知る権利——とやらを振りかざして発言を正当化することほどタチの悪いものはない。

賛成多数の論理を平然と押しつけてくる無神経さには、はっきり言って反吐《へど》が出る。

「皆さん。皆さんッ。ご静粛《せいしゅく》にッ」

なんとか場を宥《なだ》めようとする進行役の声も、煽《あお》られて舞い上がっている保護者を制することはできない。

「自分が納得できないからといって、それを誰かひとりに強制的に肩代わりさせるなんて、おかしいと思います」

「そうです。あまりにも傲慢《ごうまん》じゃないですか？」

ピシャリと言い放つ言葉の辛辣さに、ざわめきが一気にトーンダウンする。

「篠宮さんがどうしても発言されたいというのであれば、別ですが。周りがそれを強要するのは無神経すぎます」

きっぱり、はっきりと『無神経』呼ばわりされても返す言葉がないのは、正論の持つ重みだろう。

「先ほど、校長先生からも今回のことについては詳しくご説明がありました。それでは不十分だとおっしゃる根拠は、どこにあるのでしょう？」

シンと静まり返った場に反論の声は上がらない。

「誰もが良かれと思ってやったことが、こんな痛ましい結果になってしまった。それを他人事《ひとごと》だと思わずに子どもと真摯に向き合うこと、保護者として、私たちがやるべきことはそういうことではありませんか？」

押しつけがましいだけの正論は胸くそ悪くなるだけだが、飾らない真摯な言葉には胸を打つ底力がある。

その後、雅紀は途中退場するのを止《や》めて席に戻った。

そして、滞りなく——というには語弊があるが、保護者会が無事閉会になるまでその場に留まった。

　あのままでは、なんとなく出にくい雰囲気だったから……ではない。

　多数の保護者が『知る権利』に踊らされていたとき、それを『無神経』の一言で撫で斬りにした保護者が誰なのか、興味があったからだ。

　だから。会が終わって、雅紀自ら足を向けた。

「あの……すみません」

　雅紀の呼びかけに、二人連れの主婦はある意味呆然と双眸を瞠った。

「先ほどは、どうもありがとうございました」

　それを口にして、きっちりと腰を折る。

　カリスマ・モデルに声をかけられただけでも青天の霹靂《へきれき》なのに、まさか、そんなことまでされるとは思ってもみなかった二人連れは、

「と……とんでもありません」

「こちらこそ、出過ぎた真似をして申し訳ありませんでした」

　さも恐縮したように深々と頭を下げた。

「いえ。本当に助かりました」

　心底、そう思う。

　彼女たちの発言《援護射撃》がなければ、知りたがりな保護者を毒舌で滅多切りにしてしまったかもしれ

ない。そうすることに、なんの良心の呵責《かしゃく》も感じないほどには雅紀もムカついていたので。

「お名前……伺ってもよろしいですか？」

「中野《なかの》です」

「山下《やました》です」

一瞬、声を呑んで。今度は、雅紀が双眸を見開いた。

「もしかして……中野大輝《だいき》君と山下広夢《ひろむ》君のお母さんですか？」

「え……？」

「は……い」

異口同音に、母親二人の目が丸くなる。雅紀が我が子のフルネームまで知っているとは思わなかった——とでも言いたげに。

（そっかぁ……。そうなんだ？）

浅からぬ縁のようなものを感じて、雅紀は今更のようにため息を漏らす。

「弟が……尚人がいつもお世話になっています」

取って付けたただの社交辞令ではなく、だ。今回は特に、山下がいなかったら尚人はもっと悲惨な状態になっていたかもしれない。

「いえ、お世話になっているのは広夢の方で……」

「ウチの大樹も、二年生になって篠宮君と別クラスになったのが本当に残念そうで……」

まさか、尚人とは関わりのないところで、こんなふうに援護射撃をしてもらえるとは思ってもみなくて。この場で二人の母親と言葉を交わすことができただけでも、今夜、ここに来た甲斐があった。雅紀は、心底それを思わずにはいられなかった。

§§§　§§§　§§§　§§§

雅紀《まさき》が家に帰ってくるなり。出迎えた玄関先で『お帰りなさい』の言葉もそこそこに、

「どうだった？」

尚人《なおと》は上目遣いに雅紀の顔を覗《のぞ》き込んだ。

緊急保護者会の結果がどうだったのか……。尚人としても気になってしょうがない、そういう真剣な顔つきだった。

「いろいろ、収穫があった」

「収穫って？」

「その前に、コーヒー、くれるか？」

別に話を出し惜しみにして焦《じ》らすつもりはないが、まずは口慣らしのコーヒーでも飲みたい

気分だった。

「あ……ごめんなさい」

いつになくガッついている自分に気付いて、尚人はハッと赤面し。慌ててダイニング・キッチンへと駆け込んでいく。

Tシャツにハーフパンツ。その上にサファリ柄のエプロン。今どきの高校生とは思えないいつもの定番スタイルの後ろ姿を見やって、雅紀は目を細める。

(ホント、このままどこにも出さずに閉じこめちゃいたくなるよなぁ)

あまりの可愛《かわい》らしさに。

(兄バカ丸出し？)

自嘲《じちょう》めいた内心の呟《つぶや》きに、いびつな独占欲が……疼《うず》く。

もっとも。情欲に直結したそれを自虐《じぎゃく》で蹴《け》り潰《つぶ》して反問した日々は、とうに過ぎ去ったが。

その時期が地獄の苦しみならば、今はまさしくバラ色の天国だ。

愛する喜悦《よろこび》と、愛される愉悦《よろこび》。

癒《い》やされることの至福と、護るべきモノを得た充実感。

人間としての倫理《モラル》に欠けていようが、禁忌《タブー》だろうが、雅紀にとってそんなものはただの言葉の羅列――意味のない呪文《スペル》にすぎない。

父親が家を捨てて家族が崩壊したとき、人生の指針は砕け、雅紀の中で常識も道徳性も死んだ。残ったのは、執着という名の妄執だけ。

順番は激しく間違ったが、雅紀にとって唯一無二である掌中《しょうちゅう》の珠が我がものになった以上、頭の中はある意味すっきりとクリアでよけいな雑音《ノイズ》はない。

無用な物。

不要な者。

無駄なモノ。

切り捨てる選択基準が単純明快になった。

実母が生きているときには、長男としての責任感と長兄であることの意地《プライド》が両肩にズッシリと重かったが。今は喪《うしな》えないモノが限定されて、そういう重圧はなくなった。

不要な物を捨て去ることの解放感と、護るべき者を手に入れた快感。鬱屈《うっくつ》して磨《す》りガラスのような視界が晴れて、人生そのものに張りが出てきた。

その影響は、仕事ぶりにも如実に表れた。

どうでもいい遊び仲間には、

『付き合いが悪くなった』

――と、愚痴《ぐち》られ。

高校時代の悪友たちからは、

『おまえ、エンジンかかるの遅すぎ』

手荒く小突き回され。

人生の恩人であるモデル界の帝王――加々美蓮司《かがみれんじ》には、

『どうやら、モロモロ吹っ切れたようだな』

口の端で笑われた。

その加々美がイタリアから帰国してからこっち、妙にニアミスが続いている。

「給料分もっとシャキシャキ働けって、高倉《たかくら》にケツを叩《たた》かれているところだ」

そう言って、幾つになってもヤンチャ丸出しなウィンクを投げて寄越すが。加々美の言葉を額面通りに受け取る連中は、まず、いない。

巷《ちまた》のヒソヒソ話によれば。

今の所属事務所である『アズラエル』との契約が切れたら加々美ブランドの新事務所を立ち上げるに違いないと、もっぱらの噂《うわさ》だ。その置き土産《みやげ》として、今現在『アズラエル』イチ押しの新人二人を売り出すための陣頭指揮を執っている――と。

加々美自身は、否定も肯定もしない。

雅紀的には関心がないわけではないが、今後の加々美の去就には何の心配もしていない。どこで何をやるにしろ、帝王は帝王――だからだ。

そして。加々美から縁を断ち切ってしまわない限り、加々美と雅紀の距離感も変わらない。

新事務所の話はさておき、新人云々《うんぬん》がまんざらガセネタではないことを雅紀は知っている。

このところのグラビア撮影では、なぜか、その新人と現場が被《かぶ》ることが多いからだ。

クソ生意気な大型犬と、愛想のいい美猫。

雅紀に含むモノでもあるのか、目が合えば無駄にテンションを剝《む》き出しにする大型犬は『タカアキ』で、万事如才なくスタッフ受けがよい美猫は『ショー』と呼ばれている。『アズラエル』イチ押しだろうが、雅紀的にはさして興味もないので知っているのはその程度だが。

つい最近も、その大型犬と一緒だった。

『スタジオ・ソレイユ』での、モード雑誌の撮影だ。

そのときも、加々美が引率係だったわけだが。何の根拠もないプライドだけは山のように高くてプロ意識に難ありの新人のせいで半端なくスケジュールが押し、雅紀は久々に苛《いら》ついたのを覚えている。

身勝手な自己主張が個性だと思っている、勘違い野郎。

薄っぺらな中身しかないのに、見よう見まねで小手先のコピーに走るバカ。

加々美にいいところを見せようと張り切りすぎて、ド阿呆《あほう》がひとりで空回り。

俺と張り合おうなんざ、百年早いんだよッ！

――である。

『メインは衣装でおまえじゃねーんだよ、バカヤローが。無駄に自己主張すんなッ。おまえだけ、浮くだろうが。目障りなんだよ。ウザイんだよッ。フレームのコマになれない奴はとっとと失せろッ！』

本気で怒鳴り散らしたくなった。

そんな内心の苛つきすら、加々美にはバレバレだったに違いない。

もっとも。雅紀よりも先に、有名どころのカメラマンの方がブチギレてしまったが。

いや……。

本音を漏《も》らせば、苛ついていたのはド新人のせいばかりではない。

そのとき、雅紀は本気で焦っていたのだ。仕事には不可欠の必需品——携帯電話を家に置き忘れて来るという大ボケなヘマをやらかしてしまって。

しかも。スケジュールの都合、三日間は家に戻れないという最悪な状態で。仕方なく……背に腹は代えられないという切羽詰まった状況で、都内のスタジオまで尚人に携帯を持って来させる羽目になったからだ。

あれは、別の意味で本当に心臓に悪かった。

大袈裟《おおげさ》でもなんでもなく、尚人の行動範囲のＭＡＸは自転車通学の翔南《しょうなん》高校であり、家と学校を往復するだけのテリトリーは極端に狭い。

冗談にしか聞こえないだろうが、ひとりで電車に乗って遠出したこともなかった。

したくてもできない家庭事情は、それこそ山のようにあって。だが、それでも、尚人は愚痴ひとつこぼしたことがなかった。

それを口にすると、加々美は『兄バカな過保護』ぶりを茶化し、今どき珍しい『箱入り息子な弟』に興味津々《しんしん》だったが。実際に、初めて尚人を見る前とその後では、目つきも口調もすっかり変わっていた。

『おまえが何を懸念して柄にもなく苛ついていたのか、よぉぉーくわかった。だから、おまえ、それなりに覚悟はしておいた方がいいぞ。よくも悪くも、目敏《めざと》い業界人の溜《た》まり場だ。あの子がおまえの弟だってことは、バレバレになっちまっただろうからな』

それは、加々美なりの真摯《しんし》な忠告であったろう。

(イノセンス……なぁ)

尚人を称して、加々美が漏らした一言が妙にズクリとくる。

一連のスキャンダルを踏まえた上で、あえて、その言葉を口にした加々美の審美眼は相変わらず鋭い。

家族が崩壊して世間の荒波をどっぷり被り、人生が拗《ねじ》くれ、その果てに自分たち兄妹が屈折して歪《ゆが》んでしまっても、尚人の本質は変わらなかった。

雅紀に強姦《ごうかん》され、その後もずっと肉体関係を強要されたときですら、ある意味、尚人は無垢《むく》だった。

しなやかに——強く。

揺らいでも、ブレない。

煽《あお》られても、切れない。

踏みつけられても……折れない。

尚人には、そんな芯《しん》の確かさがある。

だが。人は『無垢』なモノを見ると、穢《けが》したくなる。それは、雅紀が一番よく知っている負の本能だ。

だからこそ尚人には桜坂《おうさか》たちのような友人が必要不可欠なのだと、今夜改めて痛感した。

ダイニング・キッチンのいつもの定位置に座って、しばらくすると。最近のお気に入りである『リアード』の香ばしい匂《にお》いが鼻をくすぐった。

「お待たせ」

淹《い》れたてのコクを味わって、雅紀はようやく落ち着いた気分になった。

家で飲む淹れたてのコーヒーが一番美味《ウマ》い。そんなことを言っても、誰も冗談としか思わないだろうが。

「裕太《ゆうた》は？」

「部屋」

「そうか」

最近の裕太は、一日中パソコンと格闘している――らしい。

『雅紀にーちゃん。ノートパソコン、欲しいんだけど』

何のために？

『いろいろ、勉強したい』

それを言い出した裕太の顔つきは、めっきりマジだった。

学習意欲のない者に高価なオモチャを買い与えるほど雅紀は甘くないが、きっちりとした目的意識があるなら話は別だ。

すべてを拒絶して引きこもるだけだった裕太が、初めて強請《ねだ》った物が最新のゲーム機ではなくいきなりパソコンというのも、裕太らしいと言えばらしい……かもしれない。

パソコン操作も、独学で何とかする。そんな大見得を切った裕太に、雅紀はたったひとつだけ条件を出した。

『何を勉強したいのかは知らないが、やるからには目に見える結果を出せ』

――と。

『……わかった』

その場凌《ばしの》ぎの生返事ではなく、そこまできっぱりと言い切ったからには途中で投げ出すことはないだろう。尚人は見た目素直そうに見えて根は意外に頑固だが、裕太は見た目まんまの意固地だ。

そういうわけで、篠宮《しのみや》家には兄弟それぞれ専用のパソコンが三台になった。

「――で、保護者会なんだけど」

「……うん」

「目新しい情報は特になかった」

「……そうなんだ？」

「まぁ、緊急保護者会って言っても要は親の全校集会みたいなものだからな」

それを口にする雅紀自身、保護者としてそういう場に参加するのは初めてだ。次があってもスケジュール次第で、もしかしたら、あれが最初で最後かもしれない。

「事の始まりと、経緯と、結果。当たり障りがないって言えばそれまでだけど、それ以外のことは当事者同士の問題だからな」

それもあって、今の時点では学校側としても、あえて踏み込めないというジレンマだったように思う。

保護者側としてはもっと核心に迫ったリアルな情報に餓《う》えていたのは当然だとしても、学校側としては憶測でモノが言える立場にはない。いや、この問題が不適切に外に漏れることを異様に警戒していると言っても過言ではない。

最後の最後、林田《はやしだ》校長がそこらへんのところをくどいほどに念を押しまくっていたことでもわかる。

『事が事ですので、皆さんが懸念されている通り生徒の心理的ストレスは相当なものです。ですので、この保護者会のことに限らず、根拠のない憶測、誰が言ったのかわからない噂の類《たぐい》には振り回されることなく、特にマスコミ関係に向けてはくれぐれも不用意な発言は慎んでいただくよう、重ねてお願いいたします』

何が怖いといって、誰かの口から漏れたとたん、坂道を転げ落ちるように膨《ふく》れ上がっていくスキャンダラスな噂ほどタチが悪いものはない。

県下では『勝ち組の証《あかし》』とまで言われている超進学校としてのイメージが傷つき、体面が損なわれることが一番困る。いや……恐いというのが学校側の本音だろう。

「じゃあ、野上《のがみ》の親が桜坂を訴えたとか、そういう話はなかったんだ？」

「あー」

尚人は、あからさまにため息を漏らした。

何を心配していたのか、一目瞭然《いちもくりょうぜん》である。

「常識に考えて……つーか、誰がどう見たってそれは無理だと思うぞ？」

野上が凶器を――それがチャチなハサミであろうと、現実に桜坂は右肩を抉《えぐ》られて十何針も縫う怪我《けが》をさせられているのである。訴えるだの何だの、それは本末転倒もいいところである。

「うん。俺もそう思うけど。あのオフクロさんだと、目の端吊《つ》り上げて白いモノも黒だと言い張りそうな気がして……」

実際に、雅紀は野上の母親には会ったことがない。

それでも。尚人の話しぶりから察するに、ずいぶんな『モンスター・ペアレント』ぶりだと想像はつく。あの日、職員室から漏れてきたヒステリックな喚《わめ》き声が野上の母親だとすれば、よけいに。

天災であれ。人災であれ。現実に起こった事象にはすべからく確固たる『理由』がある――らしい。

不運な偶然と幸運なまぐれ当たりの、確率。

悲惨な死と奇跡の生還を分ける、明暗。

もっと身近なことで言えば。愛される根拠と、愛されない原因。

目に見える結果はたったひとつの事実だけだが、そこに至るまでの『理由』はひとつだけではない。

視座が変われば、真実も逆転する。

つまりは、そういうこと――だろうか。

野上の母親には世間並みの常識が通用しない――らしい。

だが。母親がそうであるからといって、父親がそうであるとは限らないだろう。それなりに分別がある者なら、道理を無理やりねじ曲げて世間にバカ面をさらけ出すとは思えない。

むろん。慶輔《実父》のような例外もいるが。

人間、切羽詰まると周囲がまったく見えなくなる。野上も、野上の母親も、その例に漏れないということだ。

当然、尚人に対する情欲を持て余していた頃の雅紀も……だが。

「とにかく、おまえが心配するようなことは何もなかったってことだ」

「……うん」

それでも、尚人の顔の曇りは取れない。

「あー……そういえば。講堂で、中野《なかの》君と山下《やました》君のお母さんに会った」

「――え？」

予想通り、ビックリ眼《まなこ》を見開く尚人に、雅紀は喉奥《のどおく》で笑う。

「すごくいいお母さんたちだった。あの親にしてこの子あり……って感じで」

まさに、である。

実母との肉体関係が自分を――いや、家族を真の意味で変質させた元凶であることを、雅紀はきちんと認識している。そのせいで『母親』という言葉には括《くく》りにはある種のアレルギーがあるのは事実だ。沙也加《さやか》とは違った意味で、母性の中に潜む『女』の醜悪さと悲哀を意識しないではいられないからだ。

そんな雅紀の目にも、中野と山下の母親に対する好感度は右上がりであった。

「向こうから、声をかけてきたの？」

――信じられない。

デカデカと、顔に書いてある。

それは、どういう条件付けだ？

口にしかけて、呑《の》み込む。

排他的威圧感と言えば、雅紀の代名詞のようなものだ。常日頃の行状を鑑《かんが》みれば、それも今更のような気がして。

業界人ですら、雅紀にタメ口を叩ける者は少ない。あえてフレンドリーな関係を誇示する者もいなくはないが、希《まれ》だ。陰でクソミソに扱《こ》き下ろすことはあっても、まともに視線を合わせる度胸はない。

ミーハーなファンは嬌声《きょうせい》を張り上げる代わりに、ウットリとため息を漏らすだけ。カリスマ・モデルと言われるようになっても雅紀を年齢《とし》相応に扱えるツワモノは、加々美くらいなものだ。

「違う。ちょっとした行きがかりがあって、俺から声をかけた」

「マジで？」

尚人は、更に目を瞠《みは》る。

その方がもっと信じられない——とでも言いたげに。

「そう。そしたら、偶然、中野君と山下君の母親だってわかって、ちょっとビックリした」

「うわぁ……。そんな偶然って、ホントにあるんだ？　もしかして、二人ともビックリ仰天で石化しちゃったんじゃない？」

なにげに暴言を吐きまくる尚人に、

(俺はメデューサか?)

内心、ついよけいなツッコミを入れたくなる雅紀だった。もっとも、それに近い状況だったのは確かだが。

「て……いうか。ほかのお母さんたち、きっと、羨望《せんぼう》と嫉妬《しっと》でため息の嵐《あらし》……だったんじゃないかな」

周囲のことなどまったく眼中になかった雅紀は、否定も肯定もしない。

モデルという職業柄、常に他人から見られることには慣れきっているし、それなりに意識もする。だが、プライベートではその手のスイッチはすべてOFFにしてしまう。ほかの同業者はどうだか知らないが、雅紀にとってはそういうケジメが必要なのだ。

『他人の視線は己を磨く研磨剤』

業界では当然の常識である。

華やかなスポットライトが当たるのは表舞台だけで、そのバックステージでは醜い足の引っ張り合いなど日常茶飯事であると言ってもいい。

羨望。

嫉妬。

称賛。

誹謗《ひぼう》中傷。

『よくも悪くも、他人の視線に鈍感な奴はこの業界では生き残れない』

それを言ったのは、加々美だった。

だから、この業界で食っていくのなら常に神経の先まで緊張感を持て――と。

そして、見極めろ――とも。じぶんのウリと、それだけではないプラスアルファを。

顔とスタイルがいいだけの奴なら、ゴマンといる。人と違う個性がなければ、トップには立てない。

その真摯なアドバイスに従った結果、今の『MASAKI』がいる。

だから、雅紀の中では加々美は別格だ。

喪えない者と護るべきモノとは別口のところに、加々美がいる。そして、それは、雅紀にとっては手放したくない絆《きずな》でもあった。

「とにかく、今夜の保護者会には別口でいろいろ収穫があってよかったよ」

「うん。今更だけど、お疲れ様でした」

はんなりと笑う尚人に釣られて、つい口元も緩《ゆる》む雅紀であった。

§§§　§§§　§§§　§§§

軽く唇を啄《ついば》んで、キスをする。
額に。
瞼《まぶた》に。
首筋に。
好き——の呪文《じゅもん》を込めて。甘いキスをする。
チュッ。
……チュッ。
…………チュッ。
甘くて優しいキスを仕掛けて、腕の中の強《こわ》ばりがとけるのを待つ。
急がない。
焦らない。
急《せ》かさない。
初めは硬いだけの蕾《つぼみ》がキスでとろけて、綻《ほころ》んで、綺麗《きれい》に色づくのを知っているから。
耳たぶを食《は》んで。
鎖骨の窪《くぼ》みに優しくキスを落とし。

喉の尖《とが》りを舐《な》め上げる。

それはセックスを楽しむための前戯ではなく、身体の芯に刷り込まれたトラウマを解きほぐすための儀式だ。

異性とのノーマルな性体験もない無垢な身体を、悲惨なセックスで踏みにじったという負い目がある。

最初がいたわりも何もない、突っ込んで掻《か》き回してブチ撒《ま》けただけの最悪最低の強姦だったから。雅紀がどんなに甘い言葉で囁《ささや》いても、竦《すく》んでしまった尚人の身体はいつもガチガチだった。

だから、甘いキスで囁く。

『セックスは怖くない』

優しい抱擁《ほうよう》で、語る。

『気持ちよくなろうな』

そうして。自慰を禁じて、雅紀の手で股間《こかん》を揉《も》みほぐされて射精する快感を植え付けた。

無理やり挿入しなくても、楽しみ方は山ほどある。尚人を抱くようになって、雅紀はそういう淫靡《いんび》な快感を覚えた。

たっぷりと甘いキスに酔っているうちに服を剝《は》ぎ取られ、全裸のまま、ベッドであぐらをかいた雅紀の上に乗せられると、尚人は今でも——竦む。

背面座位という言葉さえも知らないまま足を開かされ、剝き出しの股間を思うさま嬲《なぶ》られ、何度も啼《な》かされた。それが、頭の芯にこびりついているからだ。

甘いとろけるようなキスで中途半端に昂《たか》ぶったモノも、その瞬間にはスッと冷めていく。それはもう、刷り込まれた条件反射のようなものだった。

雅紀の顔が見えないという不安もあるし。視線を落とせば、そこが雅紀の手でどんなふうに嬲られているのか丸見え……という羞恥心《しゅうち》を掻きむしられる。

なにより、カリスマ・モデルの黄金率——見事に引き締まった雅紀の体型に引き比べて、あまりにも貧弱な自分にコンプレックスを感じないではいられない。

だが、それも。

「ナぁオ?　足、開いて」

耳元で名前を呼ばれるまでだった。

『ナオ』ではなく『ナぁオ』……。イントネーションが、いつもとは微妙に違う。

甘くて。

優しくて。

——淫《みだ》ら。

普段の雅紀は声の芯に硬質な意志を潜《トーン》ませるが、冷然とした鋼《はがね》のそれは、ベッドの中ではとろけるような艶《つや》に変わる。それだけで、尚人の鼓動は一気に跳ね上がる。

ドクドクドクドクドクドク…………。

逸《はや》る拍動は、背後の雅紀には丸聞こえだろう。

「ナぁオ、聞こえてる?」

深みのあるテノールは、まるでタチの悪い麻薬のように尚人の思考を呪縛《じゅばく》する。

「足、ちゃんと開いて」

言われるままに、ぎくしゃくと開く。

まだ触れられてもいないのに、雅紀に囁かれただけで半勃《はんだ》ちになったものを曝《さら》す羞恥。

「――もっと」

顔面が煮えて、耳たぶが火照《ほて》る。

「そんなんじゃ、ナオのタマもあれも、ちゃんと弄《いじ》ってやれないだろぉ?」

意味深に囁かれて、コクリと喉が鳴る。

「ほら……」

促すように内股を撫《な》でられて、雅紀の膝頭《ひざがしら》が見えるところまで開く。

「そう。いい子だ、ナオ」

こめかみに軽くキスを落として、雅紀がクスリと笑う。それだけで、顔面が灼《や》けた。

まるで、幼児が小用を足すような恰好《かっこう》が恥ずかしい。もう何度もされているのに、いまだに慣れない。

しなやかな雅紀の指が、薄い恥毛をくすぐるように撫でて梳《す》く。

その指が双珠に絡みつくと、思わずブルリと腰が震えた。

掌《てのひら》でくるんで、やわやわと握り込まれる。

「約束、ちゃんと守ってるか？」

尚人はコクコクと頷《うなず》く。

「ちゃんと、口で言えって言ってるだろ？」

珠をひとつずつ選《え》り分けて、クニクニと摘み揉みながら、雅紀のトーンがわずかにしなる。

声は甘いのに、口調は甘くない。

「オナニ……してない」

口ごもるように、その言葉を吐き出す。

自慰など、できない。

雅紀の濃厚な愛撫《あいぶ》を知ってしまったら、稚拙な自慰では達《イ》けない。

雅紀が仕事で留守がちになって溜まってくると、電話で声を聴いただけで——疼く。

膨らんで。

硬くなって。

先っぽが滲《にじ》んで。

——漏れそうになる。

それでも、股間に伸ばしかけた手を引っ込める。雅紀に嘘《うそ》はつけないから。そんなことをしたら……勝手に弄ったあとでバレたら、思うさま啼かされるのがわかりきっているからだ。

「じゃあ、ナオのミルク、ちゃんと全部搾《しぼ》り取ってやろうな」

茎と珠を同時に揉みしだかれて、喉が震えた。

「ナァオ、声、嚙《か》むなって言ってるだろ?」

嚙んで——ない。

息が……詰まるだけ。

裏筋をくすぐるように揉み込まれ、掌の筒でリズミカルに扱《しご》かれる。

気持ちよくて——腰が揺れた。先走りの蜜《みつ》がタラタラとこぼれ、ぬめり、筒の滑りが更によくなる。

(……きもち……いい……)

「気持ちいい?」

耳たぶを甘咬《あまが》みされて囁かれると腰が捩《よじ》れて、射精感が一気に込み上げてきた。

「ンッ……ううぅッ」

「イッていいぞ、ナオ」

踏ん張れずに宙に浮いた爪先が、折れる。

内股で雅紀の足を締め付けると顎《あご》が上がり、喉が反り返る。

雅紀の胸に後頭部を擦《こす》りつけるように背をしならせると、熱いほとばしりが蜜口《みつぐち》を灼いた。

ドクドクと、鼓動が荒い。

雅紀は指の環《わ》で残滓《ざんし》を扱き上げ、指を穢したものをペロリと舐め取った。

「まっ、一週間ぶりだからな。こんなもんか」

それが、更に尚人の羞恥を煽る。

「先にいっぺん出しとかないと、あとが辛《つら》いからな」

一度で終わらせるつもりはないのだと。それが、甘くて淫らで長い夜の始まりになった。


腕の中の重みが、気持ちいい。一週間ぶりだと思うと、よけいに。

あぐらをかいた膝の上に尚人を乗せると、まるで自分のために誂《あつら》えた特注品のようにすっぽりと収まる尚人の線の細さが、たまらなく……いい。

偏食キングの裕太ほど華奢《きゃしゃ》ではないが、もともと肉付きは薄かった。暴行事件のあとからこっち、なかなかベストの体重に戻らなくてヤキモキするが、それなりにしっかり食べてはいるようなのでとりあえずホッとする。

しかし。雅紀の不満は別のところにある。

(声、噛むなって言ってるのに……。相変わらず強情だなぁ)

雅紀としては、普段聞けない尚人の声が聴きたい。

快感にとろけて掠《かす》れた尚人の声は、ひどく耳触りがいい。

男の妄想は視覚優先《ビジュアル》だと言われるが。尚人とのセックスを知る前の雅紀も、そう思っていたが。グダグダのトロトロになって呂律《ろれつ》の怪しくなった声で『まーちゃん』と呼ばれると、もう、ダメだ。雅紀の下半身を直撃する。

やはり、それも、今日の幸せは明日も明後日も、永遠に続くと信じていた頃の刷り込みなのかもしれない。

雅紀とのセックスは拒まない――いや、拒めない尚人が根深いトラウマを抱えていることは知っているし。雅紀と違って兄弟相姦《そうかん》の禁忌《きんき》に縛られていることもわかっている。それでも、不満なのはどうしようもない。

(あんまり強情だと、啼かせたくなるだろぉ?)

射精したばかりの尚人がグッタリと身体を預け、整わない吐息そのままにドキドキと逸る鼓動の響きを直《じか》に感じながら、雅紀はうっそりと片頰《かたほお》で笑った。

雅紀に珠を揉まれると、乳首が痛くなる。

まるで、揉まれているそこと乳首の神経が直結しているかのように――尖る。

いくら乳首を弄られても珠は痛くならないのに、雅紀に珠を嬲られると乳首が痛む。ただの錯覚ではなく、だ。

痛いくらいに……気持ちがいい。

そんなところに性感帯があるなんて、雅紀に教えられるまでは知らなかった。

『ナオは、タマを揉まれながら乳首を吸われるのが好きなんだ』

違う――と言いたいが、言えない。

『ただ痛いだけだったら、こんなにカチカチにならない』

気持ちがいいから、勃起《ぼっき》する。男の生理は単純明快で、雅紀には何も隠せない。

嘘もつけない。

だから、認めるしかない。

雅紀に珠を揉まれながら乳首を吸われると、気持ちがいい。

射精感で蜜口が灼けるような快感とは別口で、頭の芯がジンジン痺《しび》れるくらいに気持ちがいいのだ。

タラタラと先走りの蜜が溢《あふ》れて止まらなくなり、まるで、オシッコを漏らしたような気分になって顔面が羞恥で灼けた。

今も、だ。

「まー…ちゃん……イタい……」

乳首が腫《は》れたように痛む。

掌で握り込まれるのではなく、指の先でグニグニと珠を揉み込まれて両の乳首に芯が通るのがわかる。

「……乳首が?」

コクリと頷くと、いきなり、指の腹で左の乳首を押し潰された。

「ヒャ…ッ………」

思わず声が裏返った。

「あー……。だいぶ芯ができてるな」

押し潰された乳首を更にギュッと摘まれる。

——とたん。

ビリッと、電流が走った。

「……ッ!」

雅紀に摘み取られた乳首が——痛い。

熱い。

疼く……。

そうすると、硬くしなった蜜口までがヒリついて……たまらなくなる。

「イタい……まーちゃん……痛い……」

掠れた声が上擦《うわず》って——歪む。

「どうして欲しいんだ？　ナオ」

尖りきって過敏になった乳首の先端を爪で弾かれて、足も腰も捩《よじ》れる。

「……ってッ」

「聞こえない」

雅紀が耳の付け根を舐め上げて、

「ナぁオ？」

耳たぶを甘咬みする。

「吸っ…て……ちく…び……かん、で——吸って」

途切れて跳ねる吐息の先までが、熱い。

「俺に、噛んで吸って欲しい？」

唇を噛んで、項垂《うなだ》れ落ちた頭をコクコクと振る。

「——ここ、も？」

袋ごとギュッと握り込まれて、脇腹《わきばら》が攣《つ》る。

「タマも、噛んで吸って欲しい？」

その拍子にヒリついた蜜口からタラタラと蜜が溢れて止まらなくなった。
もう、どこもかしこも熱くてたまらない。
「まー……ちゃん……まーちゃん……おねが……い……。して――してッ」
痛くて。
熱くて。
疼いて。
頭の芯も身体の奥もドロドロにとろけてしまいそうだった。

えずいて、小刻みに震える肩が愛《いと》しい。
泣かせて。
――啼かせて。
尚人が自分のモノであると確信できる、喜悦。
(俺って、ホント、歪んでるよなぁ)
慈しんで。
育《はぐく》んで。
たっぷりと甘やかしてやりたいのに、それでは足りないのだ。

しょうがない。

歪んでしまったものは、今更どうしようもない。

だから。

「ほら、ナオ。おいで。ナオの好きなとこ、いっぱい舐めて、咬んで、吸ってやる」

淫らに囁く。

「乳首も、タマも——あそこも」

舐めて。

咬んで。

吸って。

——挿《い》れてやる。

奥の奥まで突っ込んで。

揺すって。

腰がガクガクになるまで擦って。

——ブチ撒けてやる。

（だって、俺はおまえにしか発情しないケダモノなんだから）

《＊＊＊揺らがない想い＊＊＊》

夏休み後期課外授業、初日。

翔南《しょうなん》高校の生徒たちは登校時から、誰もが皆、その話で盛り上がっていた。


「なぁ、聞いた？」

「おう。野上《のがみ》だろ？」

「それ、それ」

「やっぱ、自主退学に決まったんだって？」

「そりゃ、当然って感じ？」

「いくら事情が事情でも、さすがに居座ってらんねーよなぁ」

「そこまで面の皮は厚くなかったってことだろ？」

「だって、傷害事件の加害者だぜぇ？」

「正論カマされて逆ギレされてもなぁ」

「こんなこと言うと、あれだけど。いまだに退院できない西条《さいじょう》に比べりゃ、野上って、スッゲー優遇されてたわけじゃん。なのにさぁ……わけわかんねー」

「暴行事件の被害者が傷害事件の加害者に転落っつーのもなぁ」

「人生、どこに落とし穴があるのかわかんねーって感じ」

「怖いよなぁ、ホント」

朝イチの電車の中で。

あるいは、通学路を連れ立って歩きながら。

「自主退学かぁ」

「しょうがないよねぇ」

「可哀相だけど」

「だから、そうやってみんなが腫れ物に触るみたいに特別扱いするから、あんなことになっちゃったんじゃないの？」

「辛辣〜〜〜ぅ」

「でも、事実だもん」

「……だよねぇ」

「一番ヒドイ目見たの、桜坂《おうさか》君だもんね」

「あの子が可哀相だっていうなら、篠宮《しのみや》君なんかもっと可哀相だよ。あんだけ親身になってやったのに、あんなことになっちゃって……」

「ショックだろうなぁ、ホント」

「二重の意味でね」

「実際、桜坂君が刺されたとこ見て、篠宮君、倒れちゃったらしいし?」

「知ってるぅ。それで、MASAKIが学校にスッ飛んできたんでしょ?」

「MASAKIも大変だよね、いろいろ」

「あー、そういえば、こないだの保護者会にも来てたらしいよ」

「聞いた、聞いた。親たち、ビックリ仰天だったって」

「でも、あんなお兄ちゃんがいたら最強じゃない?」

「ホント。最強の守護天使《ガーディアン》だよね」


駐輪場で屯《たむろ》ったまま。

もちろん、校舎の至る所で。

正式な発表すらまだだというのに、噂は留まるところを知らない。

「野上……やっぱり辞めるんだってさ」

「……知ってる」

「あんなことやらかしちゃったら、もう、誰も同情なんかしてくれないって」

「ニュース、全国ネットで流れちまったし？」

「こないだの緊急保護者会にもマスコミが来てたって」

「それって、やっぱ、篠宮先輩の兄貴の影響？」

「インターネットの書き込みもスゴイらしいぞ」

「見たのか？」

「怖くて、見れないッてぇ」

「ホント。まるっきりの他人事《ひとごと》じゃないもんなぁ」

「野上……どうなるんだろ」

「オフクロさん、桜坂先輩のこと訴えるとか、わめいてるらしいじゃん」

「そう。そんで、五組の河田《かわた》と三上《みかみ》のとこに、しつこく電話してるらしいぞ」

「なんで？」

「あいつらが桜坂先輩を学習室に連れてきたから、あんなことになった……とか、逆ギレの因縁吹っかけてるみたい」

「何？　それ……」

「マジかよ？」

「あいつら、桜坂先輩が刺されたとこバッチリ生《なま》で見ちまったショックで病院通いしてるって聞いたけど？」

「野上のオフクロさん、何考えてんだかなぁ」

「ウチの親も呆《あき》れてた」

その口ぶりには学年差で明らかな温度差はあったが、話のネタは尽きることがなかった。

§§§§　§§§§　§§§§　§§§§

その朝。

ほぼ二週間ぶりに顔を合わせてモロモロの近況報告でざわついていた二年七組は、桜坂が姿を見せると、一瞬にしてシンと静まり返った。それはもう、見事なまでに。

（……桜坂）

知らず、尚人の喉もコクリと鳴った。

『後期課外授業までには気力と根性で治す』

その宣言通り、今朝の登校については昨夜の電話で確認済みだったとはいえ、桜坂の顔を自分の目ではっきり確認するまでは妙に落ち着かなくて。内心、尚人はソワソワだった。

そんな尚人の視線をカッチリ受け止めて、桜坂はのっしりと大股で歩いてくる。

その顔つきも、スッと伸びた背筋も、見慣れたそれと変わりなく。

(……よかった。いつもの桜坂だ)

それだけで、尚人は両肩の強ばりがホッと緩むのを感じた。

絡み合った二人の視線は揺れない。

逸《そ》れない。

——ほどけない。

桜坂はまっすぐ尚人の席までやって来て、ピタリと足を止める。

「おはよう」

柔らかな尚人の声が、異様に張り詰めたクラスの沈黙を弾《はじ》く。

「——はよ」

受話器越しではない桜坂のナマ声が、こんなにも心地よく思えたことはない。

「もう、大丈夫?」

「バッチリ」

百聞は一見に如《し》かず。

何よりも、それを実感する。

全治一ヶ月が『気力』と『根性』だけで何とかなる……などとは思わないが。日頃の鍛錬の蓄積がモノをいうのか、見た目は事件前の桜坂と何ら変わりはなかった。そのことに、とりあえず尚人は安堵《あんど》した。

「宣言通りだね」

「おう」

口の端をやんわり吊り上げる桜坂に、尚人は、ようやく日常の平穏が戻ってきたように思えた。


何はともあれ。滞りなく、課外授業は終わった。

——そのあと。

いつものように、尚人と番犬トリオ（番犬＝親友と自認しているせいか、三人とも、そうやって一括《ひとくく》りで呼ばれることの違和感も抵抗感もすでにない）である桜坂、中野《なかの》、山下《やました》という定番の四人組で駐輪場までやってくると。入り口近くで屯っていた者たちは一斉にハッと口を噤《つぐ》み、スッと目を逸らしざま、ぎくしゃくと押しチャリで四人組の脇を通り抜けていった。

「スゲー……。まるでメデューサ並みの威力だよな」

ボソリと、中野が漏らす。

何、が?

だから、二週間ぶりの桜坂が――だろう。

朝イチの登校時ですでに実体験済みだったりするのか、桜坂は片眉《かたまゆ》もひそめない。

「ホント。露骨すぎて、なんだかなぁ…って感じ」

どんよりと、山下が口にする。

それも、今更……なのかもしれないが。さすがに、クラスメートはそこまであからさまではなかった。

慣れ――というのも、けっこう侮《あなど》れない証のようなものである。

ただでさえ威圧感垂れ流しの上に、事件後、今日が初日のご対面ともなれば、その他大勢の一般の生徒は挨拶《あいさつ》を交わすのにもどんな顔をすればいいのかわからない……らしい。それどころか、目のやり場にも困る――というのが本音なのかもしれない。

つい、うっかり……では済まない視界の異物感?

極力視線が絡まないようにと、下手に気を遣っているのがミエミエ……。

これ見よがしの憐憫《れんびん》はウザイし、半端な同情ほど疲れるものはない。それならいっそ、放っておいてくれた方がよほどマシ。それは、尚人が実体験してきたことでもある。

ビビリ菌が伝染しやすいのは、当然の常識だが。

「まっ、勝手に平伏《ひれふ》す分にゃ実害はねーし？」

バッサリと切り捨てる桜坂に他意はない。

——たぶん。

それが不遜《ふそん》にすら聞こえない日常の一コマなのは、桜坂の性格をキッチリ把握している親友たちだけかもしれないが。

ごくフツーに……。何が『普通』なのかは別にして、平常心というのが一番難しいのかもしれない。

つらつらとそんなことを思いながら自転車のキー・ロックを解除していると、

「なぁ、篠宮。時間、ある？」

不意に、中野が言った。

「え……？」

「昼飯、食ってかねぇ？」

夏休み中の課外授業で、そういう誘いは初めてのことだった。

なにせ、いつもは駐輪場を出ると、中野と山下とは帰る方向はまったく逆になってしまうからだ。

「――みんなは？」

返す目で桜坂と山下を見やると、異論もなく即座に頷いた。

「ンじゃ、そういうことで」

「どこにする？」

こういうとき、尚人はまったく役に立たない。いつも、家と学校の間を直行直帰だからだ。

山下が、名前だけは見たことがある駅前通りのファミリー・レストランの名前を挙げた。

「春海《はるみ》通りの『シーザー』は？」

お手軽・気楽なファースト・フード店ではなく、ファミレスというのがビミョーという気がしないでもないが。落ち着いてしっかり食う――のにはいいかもしれない。

「いいんじゃねー？」

「あ……じゃ、その前にちょっと電話していい？」

尚人がそれを口にすると、

「俺の携帯、使う？」

山下がすぐさま通学鞄《かばん》をまさぐった。

「大丈夫」

一言断って、尚人は自分の鞄から真新しい携帯電話を取り出す。

「篠宮、携帯買ったんだ？」

なにげに驚いたような口ぶりで、山下が言った。

夏休みに入るまで——厳密に言えば前期課外授業が終わるまで、尚人は携帯電話を持っていなかった。

番犬トリオはそれを知っている。その理由も。

不要な物は極力持たない。

今どきの高校生にとっては、たかが携帯……ではない必需品。持っているのが、すでに当たり前。誰も、それを疑わない。

それを不要と言ってしまえる尚人の主張がただのカッコ付けでもポーズでもないことをきちんと理解できたのは、暴行事件のあとだったが。

「うん。俺はいらないって言ったんだけど、雅紀兄さんが、いざというときの緊急用に持ってろって」

口には出さないだけで、内心、番犬トリオは深々と頷く。雅紀の杞憂《きゆう》がまったくの他人事とは思えなくて。

アクシデントとトラブルは、いつ何時、どこから降ってくるかわからない。

一連の事件で、自分だけは大丈夫という思い込みが何の根拠もないただの錯覚にすぎないことを、桜坂たちは嫌というほど実感してしまったからだ。

あったら、それなりに便利かもしれないが。別に、なくても困らない。

雅紀のように、仕事にはどうしても必要不可欠であれば別だが。家と学校を往復するだけの日常に携帯電話など不要な贅沢品《ぜいたく》だと、尚人は思う。

けれども。

『その方が、俺も安心して仕事に専念できるから』

雅紀は、そう言って譲らなかった。

『いいじゃん。持ってろよ、ナオちゃん。携帯ひとつで、いつでも連絡がつくっていう安心感が買えると思えば、そっちの方が安上がりだって』

まさか、裕太《ゆうた》までがそんなことを言い出すとは思わなくて。正直、驚いた。

だが。それがただの皮肉でもジョークでもないことは、尚人が一番よく知っている。暴行事件で実害を被ったのは尚人だが、心臓に痛い思いをしたのは雅紀も裕太も同じなのだ。

たとえ反目と確執があっても、兄弟の誰かが欠ける……そんなことはあってはならないことだと。それだけは、弟の想いだった。

『定時に帰ってこられないときは、ちゃんと電話しろよ、ナオちゃん』

——でないと、安心できない。

裕太の顔には、そう書いてある。

『時間がないときは、メールの方が確実だしな』

実際、メールボックスには超多忙な雅紀からのメッセージで埋め尽くされている。

耳に馴染《なじ》んだ雅紀の声とはまた一味違う、同じ言葉でも消えることのない活字《それ》を手軽に何度も読み返すのが、このところの尚人の密《ひそ》かな楽しみであった。反面、自分だけがこんないい想いをして裕太には申し訳ないな……と思いつつ。

「ンじゃ、あとでメルアドとナンバー、交換しようぜ」

それは言われるまでもなく、尚人もそのつもりだった。

家の電話のコール音は三回鳴って、すぐに裕太が出た。

尚人が携帯電話を持つようになって、裕太の部屋にも電話の子機を設置した。いちいち階下の本体まで、降りて行かなくてもいいようにだ。

むろん、昼間は本体が留守番電話仕様になっているので、裕太が子機を取るのは雅紀と尚人の携帯番号が表示されたときだけ——なのは言うまでもないことだが。

「裕太？」

『何？』

「俺、桜坂たちと昼飯食って帰るから」

『わかった』

「冷蔵庫にサンドイッチ入ってるから。ちゃんと食ってね？」

言わずもがなの一言をつい口にしてしまうのは、食べることにあまり関心が向かない裕太を思いやってのことだ。尚人と夕食を共にするようになってからはそれも少しは改善されたが、昼間ひとりでいるときの裕太は相変わらずだった。

裕太の場合は朝食と昼食が兼用なので、後期課外授業が始まって、尚人はいつものように弁当を作って家を出るのだ。

『腹がへったら、食う』

予測通りの答えが返ってくる。

あまりクドクド言うとうるさがられるのはわかりきっているので、

「うん。じゃあ、ね」

それだけを口にして携帯をオフにすると、中野が物言いたげに尚人を見ていた。

「――何?」

「いや……。篠宮って、ホント、マメだよなぁ……とか思って」

尚人は思わず苦笑する。過保護とは言わずに『マメ』を強調するのがいかにも中野……だったが。

「たまに、ウザイって言われるけどね」

「マジ?」

「うん」

冗談でなく、だ。

以前は、声をかけても返事すらしてもらえなかった。それが、普通だったのだ。

それでも。一連の事件を境に、裕太が確実に変わってきたのは事実だ。

毎日が平凡なようでも、物事には必ず転機が訪れる。それがいい方に転ぶのか、悪い方へ転がり落ちるのか、それは運とタイミングと心掛け次第……。

その言葉の意味を、ヒシヒシと嚙み締めずにはいられない尚人だった。

「弟、チョー強気だな」

「つーか、俺。篠宮と兄貴を見ても、弟がどんなだかまるっきり想像できねーんだけど」

「たぶん、俺たち兄弟の中じゃ、一番気が強いかな」

「へぇー……」

「ふーん……」

当たり前のことだが。中野と山下は一度も裕太と会ったことがない。だから、引きこもりというステレオタイプのイメージしかないのだろう。それを思って、尚人は内心苦笑いをする。

ふと。目を上げると。なぜか、桜坂が珍しくも複雑怪奇な顔をしていた。

(あー……そうか。桜坂は、勝木《かつき》署で裕太と会ったんだよな)

あのときも、桜坂はある意味、絶句だったような気がする。

だから、きっと、中野と山下も実物の裕太を見れば同じような反応をするのだろう。そのときの顔つきすら想像できてしまいそうで、尚人はつい、口の端を綻ばせた。

いつもならば、まず立ち寄ることがないファミレスのソファー席で。とりあえず注文をし終えてグラスの水を一口呷《あお》り、

「――で？　どうなったんだ？」

中野がズイと身を乗り出した。

先ほど中野が昼飯の話を切り出したときに、それもある程度の予測はできたが。前置きをスッ飛ばして単刀直入に来るとは、さすがに思わなかった。

――いや。

ある意味、ヒジョーに中野らしいのかもしれなかったが。

「いきなり、それかよ？」

名指しされた桜坂は、わずかに目を眇めた。

「ただの野次馬《やじうま》根性じゃねーから」

中野の気持ちは、尚人にもよくわかる。だからこそ、普段はしない寄り道をする気にもなったのだ。

耳に入ってくる情報――というよりは、ほとんど噂の類だが。真偽のハッキリしない憶測や、発信元不明の噂に振り回されずにキッチリとした事実を見極めたい。それには、本人の口から聞くのが一番早い。

だが。事が事だけに、いったいどこまで踏み込んでいいのか迷う。それが一番のネックだったのだが……。

「噂だけ、いろいろスゲーことになってるからさ。ホントはどうなってんのか、そこらへん、ちゃんと聞いときたいと思って」

桜坂相手に正攻法でそういうツッコミができるのは、中野くらいなものだ。

(物怖じしないシベリアンハスキー……か)

雅紀がたとえに持ち出した台詞《せりふ》が唐突に思い出されて、

(まーちゃん、ホント、上手《うま》いこと言うよなぁ)

尚人は口の端がムズムズになった。

「何が、どうスゲーことになってんのかわかんねーけど」

それは、つい最近までベッドでへたっていた桜坂の本音だろう。

親にしてみれば、まずは怪我の治療が最優先で、騒然とした周囲の雑音から桜坂を隔離しておくことで、よけいな心配をさせたくなかったに違いない。

暴行事件直後の尚人も、そうだった。入院しているあいだは一切、その手の情報など耳に入ってこなくて。家に戻ったら例のスキャンダル騒ぎで、日常が崩壊していたのだ。

「一応、野上側とは示談ってことで話は進んでるみたいだ」

尚人が思わず双眸《そうぼう》を瞠るのと同時に、

「示談？」

「マジで？」

中野と山下がトーン違いでハモった。

まさか、そういう展開だとは思わなかった。

それが、尚人の本音だ。おそらく、中野と山下もそうだろう。

「細かいとこは、双方の弁護士を交えてってことらしいけどな」

「そっかぁ……」

深々と、中野が息をつく。

「──そうなんだ？」

尚人がどんよりと漏らし、

「大変そうだなぁ」

山下が、皆の気持ちを代弁した。

「ここまで来ると、感情論だけじゃ済まねーだろ」

喉の渇きを癒やす──というよりは話の潤滑油代わりに、グラスの水を一口飲んで唇を湿らせる。

「けど、そこらへんの小難しいとこ……つーか生々しい話には一切タッチさせてもらえねーから、それ以上のことはわからん」

ただの逃げ口上ではなく、だ。

桜坂にとって、野上絡みの話は避けては通れない鬼門のようなものだ。事が事だけに、自分から率先して話を振りたいとは思わない。だから、すんなり口を割ったのは例外中の例外だ。

尚人の家庭事情が事情だから、普段、中野も山下も下校時には尚人を寄り道に誘ったりしない。その中野があえて昼飯にかこつけて尚人を誘ったとき、桜坂的には来たなという思いがあった。

ある意味、ミエミエのバレバレ?

だからこそ、尚人もすんなり『OK』したのだろう。

尚人との電話では、そんなことまで話さなかった。……というより、自分のことで手一杯でそこまでの余裕がなかっただけのことだが。

後期課外授業の初日だからではなく、あの事件後初めての登校——ということで、尚人という先例もあり、自分がスキャンダルのど真ん中の集中砲火であることは火を見るよりも明らかだった。

そのための自覚と心構えは、ちゃんとできていた。

——つもり、だった。

しかし。

実際に登校してきて、頭で納得済みなことと、自分を取り巻く現実には大きな隔たりがあることを実感しないではいられなかった。

学校内での傷害事件。

それが、いかにセンセーショナルだったのか。興味本位な煩《わずら》わしさとは別口で、突き刺さる視線が孕《はら》む屈折率を否応なくヒシヒシと感じさせられた。

同情。

震撼《しんかん》。

――戦慄《おののき》。

痛み。

苦渋。

――やりきれなさ。

自分を取り巻く視線には鈍感すぎる、いや……そんなものを黙殺することに慣れきっていた桜坂にとっても、それは無視できないものだった。

その一方で。暴行事件のあとの尚人がどういう心境だったのか、当事者という立場に立たされて初めて、嫌というほど理解できた。

被害者と加害者、そのカテゴリーではなく。

当事者と部外者、そのボーダーラインがだ。

その線引きは、思った以上に明確だった。所詮《いわゆる》、暴行事件のときはまだ、桜坂はただの傍観《部外》者《者》にすぎなかったのだと。

あのとき。

桜坂は。自分の行動は正しいと、微塵も疑ってはいなかった。

教師も生徒も、誰もが皆、野上のことを過剰に特別扱いにしていることへの不満。

そのために、尚人の負担がどれほど増えているのか。そんなことすら度外視していることに対する——苛立ち。

どうして？

尚人だって野上と同じ事件の被害者なのに、なぜ？

精神的ストレスを理由に引きこもっていただけの野上のために、怪我を押してまで登校し続けていた尚人がなぜそこまで犠牲を強《し》いられるのか。

それって、違うだろ？

おかしいだろ？

なんか——変だろ？

中野が。山下が。桜坂が。それを口にしても、多勢に無勢？

正論が同情と詭弁に押し流されて有耶無耶《うやむや》にされることへの、怒り。

鬱憤《うっぷん》。

——憤激。

その矛先がすべて、あの日、元凶である野上へとほとばしった。

熱血でもただの正義感でもなく、抑えがたい——義憤。

『歳のわりには冷めている』

『まったく、可愛げがない』

ずっと、そんなふうに言われてきて。

それで、何が悪い？　——と開き直るくらいには他人事には興味も関心もなかった自分が、どうして、これほどまでに熱くなれるのか。

それをさして疑問にも思わず、なぜかすんなりと受け入れてしまった時点で、桜坂のベクトルは尚人に固定されてしまったのかもしれない。

『なんで、そんなこと、言うんですか……。桜坂、先輩には……関係ないじゃないですか』

不快感丸出しの声で詰《なじ》られて、マジでムカついた。

『僕と、篠宮先輩のことに……横から勝手に——口、突っ込まないでくださいッ』

唇を震わせて怒鳴る野上に、理性も自制も焼き切れた。

そして。

『……僕には、篠宮先輩しかいないのに……なのに、なんで、僕から引き離そうとするんだよッ』

逆ギレした野上にペンケースを投げつけられて、怒り心頭《ブチギレ》た。

『……いいかげん、甘ったれてないで自分の足で立って歩けッ』

野上に投げつけた罵倒《言葉》は、尚人が口にしたくても言えなかった台詞。

桜坂は自分が尚人の気持ちの代弁者——そこまで自惚《うぬぼ》れてはいなかったが。頭の隅では、心のどこかでは、

(俺の言っていることは正論だ)

そんな自分に酔っていなかったとは、言えない。

(俺の行動は正しい)

そんなふうに自分を正当化していたことを、否定できない。

間違っていることを正すために、正論を口にする勇気。

ただ見ているだけでは何も解決しない。誰もやらないのなら、俺がやる。

(——篠宮のために)

しかし。

それは。

ずいぶんと身勝手な、とんだ思い上がりだった。

逆上した野上にハサミで刺されて、それを思い知った。

――わけではない。

担ぎ込まれた救急病院に見舞いにやってきた学年主任の立花《たちばな》から、尚人が、桜坂が刺された現場を見て倒れたと聞いたからだ。

あのとき。

灼けついた視界は真っ赤に疼いて何も見えなかったが、ガツガツとこめかみを蹴りつける耳鳴りの向こうで、

『篠宮ッ。しっかりしろ、篠宮ッ！』

引きつったような声で尚人の名前を呼ぶ声がした。

桜坂はそれが幻聴なのかと思っていたが、そうではなかった――らしい。

そのとき。

独り善《よ》がりの正義感はただの自己欺瞞《ぎまん》にすぎないのだと、身に沁《し》みて思い知らされた。

尚人のために、とか。

正義感ゆえに、とか。

そんなものは、よけいなお節介の詭弁なのだと。

暴行事件のとき、雅紀が冷静にマジギレになって尚人を襲った暴行犯を殴りつけた。

『あぁ……すみません。こいつのせいで弟が……とか思うとカッとして、思わず我を忘れてしまいました』

吐き出した言葉は確信犯の詭弁だったが。

あれは、尚人の兄として、やむにやまれぬ行為だった。

『殴ったことが悪いといわれるのであれば、その叱責《しっせき》は甘んじて受けますが。私は、殴ったことを後悔などしていません』

一片の曇りもためらいもなくそれを口にした雅紀の潔さを、誰も傲慢とは呼ばない。雅紀には、その正論《言葉》を口にする権利があるからだ。

だが、桜坂は違う。

頼まれもしないことをわざわざ買って出て、結果、それが更に尚人を傷つけた。

――マジで、最悪。

それを痛感して、桜坂は自己嫌悪のドツボに嵌《はま》った。

やってしまったことを悔やんでも、遅い。

――が。

それでも。

尚人は桜坂のやったことを責めたりはしなかった。

『ゴメンね』

『ありがとう』

ふたつの言葉に込められた真摯な想い。それが、尚人から桜坂に対するメッセージだった。

それは、そのまま、尚人に返したい言葉だった。

先走って、傷つけて――ゴメン。

それでも、許してくれて――ありがとう。

悔やんでも悔やみきれない傷口を掻きむしって無駄に落ち込むのは、ただの自己憐憫でしかないと思い知る。

真摯に反省するのは必要なことだが、グダグダになっている暇はないのだと思った。

逆ギレした野上に刺されて傲《おご》り昂《たか》ぶっていた自分に気付いたわけではないが、それがなければ、一番大事なことに気付かなかったかもしれない。それを思った瞬間、何か憑《つ》き物が落ちてしまったような気がした。

やってしまったことは、なかったことにはできない。だったら、そのあと、自分は何をすべきなのか……と。

後悔から学ぶべきモノがある。

そんなことは、今までの桜坂からは考えられないことだった。

やって後悔するようなことなら、やらなければいい。それができないで衝動に駆られるような奴は、自制心のない奴なのだ。

そう――思っていた。

だが、違っていた。

尚人を知る前の自分は、理性も何もかもブチギレるほど他人に関心がなかっただけのことだった。理性も情動のごく一部でしかないことを、桜坂は思い知る。

謙虚に自分自身を客観視することの——意味。

病院での入院生活は退屈極まりなかったが、その分、日頃は使わない脳細胞の領域をフル回転させられたような気分になった。

『今度のこと、おまえはどうしたい？　向こうは弁護士を通して、示談という形で何とか穏便に済ませてもらえないかと言ってきているが？』

病院のベッドで、父親に真摯に問われ。桜坂は、

（一回も見舞いに来ないうちから示談の話かよ？）

一瞬、ムッとしなかったと言えば嘘になるが。野上の親に対して野上以上に含むモノありありな桜坂にしてみれば、別段、見舞いに来て欲しいわけでもなかった。

形だけの嘘臭い謝罪など、何の意味もない。そういう感情の痼《しこ》りとは別口で、これ以上、野上問題に関わるのも嫌で。

『この先、あいつが二度と俺の視界に入って来なきゃ、それでいい。あとのことは、親父にまかせる』

丸投げにしてしまった。

ましてや、この先、野上がどうなろうと興味も関心もなかった。

野上に刺されたことが痛いのではなく、自分がやってしまったことで尚人を傷つけてしまったことが痛いのだ。その線引《ケジメ》きは、桜坂の中ではくっきりと明快だった。

示談でもなんでも、早く決着がついてしまえばスッキリする――ぐらいのことで。そこらへんは周囲との温度差があるかもしれないが、紛れもなく桜坂の本音だった。

そんなものだから、野上絡みの一件は今のところ鬼門であることに変わりはなかったが、日常生活の優先順位からいけば桜坂的にはさして重要なレベルにはなかった。

以前。テレビのニュースで、雅紀が実父のことを、

『感情を揺らす価値もない視界のゴミ』

呼ばわりをしていたが。そのときは、その情け容赦のない言い様に、

(篠宮の兄貴って、スゲー……)

ある意味、絶句だった。

けれども。今は、その気持ちが少しはわかるような気がした。

自分にとって、何が一番なのか……。

それを明確に自覚してしまうと、不要なモノは切り捨てにしたくなる。

無駄に感情を揺らす価値のない者。桜坂にとって、それは野上にほかならなかった。

「あ……そういや、篠宮」

　ボリュームのあるハンバーグステーキにナイフを入れながら、ふと思い出したように山下が言った。

「何？」

　ナスの煮浸しに伸ばしかけた箸《はし》を止め、尚人が山下を見やる。

「こないだの保護者会で篠宮の兄貴に接近遭遇したって、オフクロが舞い上がってた」

「あー、それ、俺ンとこも」

　ヒレカツを口の中に放り込んで、中野が言う。

「……らしいね」

　話を聞いて、尚人もビックリした。

　——と、同時に嬉《うれ》しくなった。雅紀の語る二人の母親像が中野と山下のそれとダブって。

「帰ってきてから、もう、一人で興奮しまくり」

「ホントだって」

「あんまり『ステキ』『感激』『サイコー』を連発して浮かれまくってるから、年甲斐《としがい》もなくミーハーすんな……とか、親父がスネちゃってさぁ」

「俺ン家は、姉《ち》ちゃんが『お母さんだけズルイ』とか『あたしもついていけばよかった』とか言い出して。それって違うだろ、姉ちゃん……みたいな？」

「やっぱ、ミーハーするのに歳は関係ないんだよなぁ」

「それって、篠宮の兄貴だから……じゃねー？」

まるで、掛け合い漫才のような口ぶりに——というより、中野と山下の家族の一端が窺《うかが》い知れたような気がして、尚人の口元も思わず綻びた。

「俺も、親父から聞いた」

桜坂がボソリと口を挟《はさ》む。

——とたん。

三者三様のリアクションがあった。

「……え？」

尚人は思わず目を瞠り。

「何を？」

中野は小首を傾《かし》げ。

「そうなんだ？」

山下はポカンとした顔つきで。

「桜坂ンとこ、親父さんが行ったんだ？」

桜坂が目で頷く。

「向こうも、オヤジが来てたらしい」

今度は、三人が同じように言葉を呑んだ。

緊急保護者会なのだから、親が来るのは当然だが。被害者と加害者の保護者がその場で鉢合《はちあ》わせする可能性をまるで度外視していたことに気付かされて。

「そこらへん、兄貴から詳しく聞いたか？」

「え…？　や……だから、中野と山下のお母さんのおかげで助かった……ことくらい？」

「……へ？」

「オフクロ、何かやらかしたわけ？」

「なんだ、おまえらも聞いてねーのか？」

「聞いてねーつーか、篠宮の兄貴の話で盛り上がってただけ……つーか」

「一応、保護者会でどんな話が出たかは聞いたけど」

「親父の話だと、けっこう紛糾《ふんきゅう》したみたいで」

それは、尚人も聞いた。

中野と山下も、同じようにコクコクと頷いた。

「そのトバッチリが、なんでか、篠宮の兄貴に行っちまって。親父は、本当に申し訳なかったって言ってた」

「トバッチリって？」

「なんで、篠宮の兄貴なわけ？」

もっともな疑問を口にする二人の顔には、先ほどまでの笑み《余裕》はない。

「雅紀兄さんは、それは一種の有名税みたいなモノだからしょうがないって、言ってた」

正確には、こちらの都合も顧みない有名税の落としまえ——だ。

『顔』と『名前』を露出して仕事をしている以上、すでに一般人とは言えない——という理不尽な屁《へ》理屈でもって篠宮家のプライバシーを丸裸にしたのはマスコミである。事実にそぐわない憶測と身勝手な主張をこねくり回して、全国ネットで垂れ流しにした。

「有名税？」

「こっちはどこの誰だかわからなくても、その他大勢の他人は雅紀兄さんが俺の保護者代わりだって知ってる。そういうことだよ」

「……だから？」

中野が口にした疑問に、

「当事者の親にツッコミを入れるのは無理でも、篠宮の兄貴にならなら構わないんじゃねーかっていう屁理屈だよ」

桜坂が答える。

「何……それ」

山下が不快感も露《あら》わに眉間《みけん》に縦皺《たてじわ》を刻んだ。

「みんなして、無関係な篠宮の兄貴を吊るし上げにしようとしたってことか？」

中野の眦《まなじり》にも険悪さが増す。

「無関係だとは思ってないみたいだよ。雅紀兄さんが……じゃなくて、俺が――だけど」

中野と山下が、一瞬、虚を衝かれたような顔になる。

「だから、そこらへんどう思ってるのか、話を聞くくらいならいいんじゃないかって」

「マジ……サイテー」

中野が唸《うな》る。

「バカ丸出し」

山下が、小さく吐き捨てる。

「だから、それを中野と山下のお母さんが阻止してくれたってことだよ」

「……ウソ」

「マジ？」

「大マジ」

それでも、まだ信じ難かったのか。二人の視線は、桜坂に向けられた。

「――らしい。親父としては、そういう雰囲気で自分が口を出したらもっとマズイことになるんじゃないかってためらってたら、おまえらのオフクロさんが毅然《きぜん》と声を上げてくれたんで心底ホッとしたって言ってた」

「えー、マジで？」

「うわ……そうなんだ？」

「そんなこと、オフクロ、ひとっことも言わなかったし」

「俺ンとこも。ひたすら篠宮の兄貴の話で盛り上がってた……」

雅紀は、二人の母親のおかげで無神経な親たちを毒舌で撫で斬りにせずに済んだ――と苦笑いだったが。尚人もまさか、そういう裏事情があったとは夢にも思わなかった。

「俺は雅紀兄さんからそれを聞いて、すっごく嬉しかった。お母さんたちがそんなふうに言ってくれるってことは、中野と山下が俺のことをちゃんと見てくれてるからだって。もちろん、桜坂もね。ブッちゃけて言うと、俺ね、家のことがあったから中学までは友達いなかったんだよ。みんな、なんか、腫れ物に触るみたいによそよそしくてさ。でも、翔南高校に来てフツーの友達ができて。こんなふうに本音で語れる友達ができて、俺は本当にすごくラッキーだなぁ…って」

本心である。

紛れもない、それが尚人の本音である。

いきなり、赤面モノの告白を素で語る尚人に、中野も山下も、そして桜坂も、一瞬どういうリアクションを取るべきか――悩む。

三人が三人ともぎくしゃくと顔を見合わせ。互いが互いの反応を窺うように目配せをし、そして、無言でガツガツと食べ始めた。

一連の事件がなければ。あるいは、うわべだけの薄っぺらい友人関係だけで終わり、こんなふうな接点は持てなかったかもしれない。

だから、こんなことを言うと不謹慎かもしれないが。思わぬ事件が起きて、それで心底怖い思いをして、喪ったモノも多々あるが。それを引き替えに得たモノもある。その筆頭が一生モノの友人なのだとしたら、自分は決して不幸ではない。尚人は、心からそう思えた。

《＊＊＊怨嗟《えんさ》の本質＊＊＊》

午後七時過ぎ。

仕事帰りにスーパーに寄り、切れかけた日用品を買い込んで自宅に戻ってきた真山千里《まやまちさと》は疲れていた。

荷物を持つ腕は痺《しび》れ。足も腰も、重い。

ふぅ…と吐き出す息は、まるでドロリとしたコールタールのようだった。

一日が――長い。

疲れは溜《た》まるばかりで、抜けない。そのうち、毛穴という毛穴から、疲労感が滲《にじ》みだしてくるのではないかと錯覚してしまいそうだった。

会社でも。

自宅のあるマンションでも。

自分を見る目に辛辣《しんらつ》な毒を感じる。それは、嫌悪と侮蔑《ぶべつ》をたっぷりまぶした露骨な刺々《とげとげ》しさで千里を射た。

なぜなら。千里が、不倫の果てに相手家族を不幸のドン底に突き落とした性悪な女――だからだ。

そんな呼ばれ方をするだけでも不本意の極みなのに、スキャンダラスな噂《うわさ》は日ごとに増殖して千里を侵蝕《しんしょく》する。

名前と顔は公表されていないといっても、千里の周辺を嗅《か》ぎ回るマスコミによってそのプロフィールはプライバシー侵害もいいところのダダ漏《も》れで、今や『極悪非道なクソ親父』の代名詞になってしまった篠宮慶輔《しのみやけいすけ》の愛人が千里であることなど周囲の人間には丸わかりだった。

慶輔も千里も、芸能人ではないただの一般人……なのにだ。

こんなひどいことが、許されていいのか？

世の中に不倫カップルはそれこそゴマンといるのに、なぜ自分たちだけが世間の晒《さら》し者になって爪弾《つまはじ》きにされなければならないのだろう。それも、八年も経った今になって……。

（こんなの……おかしいじゃない）

千里はギリギリと奥歯を噛《か》み締める。

なんで、今更。

どうして、自分だけが。

他人の不幸を食い物にする鬼畜呼ばわりの悪者《ターゲット》にされて、こんな悪質なバッシングを受けなければならないのか。

——理不尽だ。

最初から不倫をしようと思っていたわけではない。だが、出会ってしまったのだ。運命……としか言いようのない相手に。

男と女が出会って恋に落ちるのに、理由はいらない。

そんなフレーズは恋愛小説の惹句《じゃっく》であって、映画やテレビのようなドラマチックな恋愛とは一生無縁だと思っていた。

けれど、本当に出会ってしまった。

シンデレラ願望など、ただの笑い話だが。運命の赤い糸は、確かにある。

愛した相手が、たまたま妻子持ちの既婚者だっただけ。

屁《へ》理屈だの詭弁《きべん》だの言われようと、それが事実なのだ。

彼は、妻とは離婚するつもりだった。出会ったとき、すでに妻との結婚生活は破綻《はたん》していたのだから、千里が寝取ったわけではない。

それが、真実なのだ。

なのに、誰もわかってくれない。

一方的に、千里が悪いと責め立てられる。

——なぜ？

巡り会う順番が間違っていただけで、どうして千里が悪女と呼ばれなければならないのか。

彼の妻は離婚に応じてくれなかった。

そのための話し合いすら、頑《かたく》なに拒否した。

世間では、それを泥沼と呼ぶ。

——違う。

千里は無理やり結婚を迫ったりはしなかった。ただ、妻とは離婚するという彼の意志が固かっただけで。それは彼と妻との問題なので、その理由を根掘り葉掘り聞いたこともない。

「妻との結婚生活を白紙に戻して、千里と新しい生活を始めたい」

その言葉だけで、千里は幸せな気持ちでいっぱいになった。

愛人——と呼ばれるよりは、愛する人の妻になりたい。それは当然のことだろう。

四人の子どもがいるから、簡単には離婚できない。妻の言い分はわかる。

今どきの世の中、専業主婦がバツイチになって社会復帰をするのは大変。その事情も理解できる。

だが。破綻した結婚生活をズルズル続けるよりも、離婚して一から出直す方が子どものためにもいいのではないか？　彼の気持ちは、すでに彼女にはないのだから。

離婚に応じてくれたら、それなりの慰謝料は払う。子どもの親権もいらない。彼はそう言っているのに、妻は無視した。

そこらへんの事情も経緯も何も知らない者たち——ただの興味本位でうるさく騒ぎ立てる野《や》

次馬《じうま》は、こぞって彼と千里だけを責めて悪者にする。

不幸を招き入れた原因は彼女にもあるのだ。世間はそれを、わかってくれない。

何もわからないくせに、感情論だけで千里を断罪する。

そして。彼との話し合いを拒絶したまま、妻は自殺した。四人の子どもを残して……。

話し合いに応じて綺麗《きれい》に別れてくれていれば、まとまったお金も入って子どもと新しい生活が送れたのに……。

なのに。

すべてを拒否して、自らの命を絶った。まるで、彼と千里に当てつけるように。

その方が、よほど悪辣《あくらつ》なのではないのか？

千里も彼も、妻が離婚に同意してくれることを切に願っていただけで、彼女の死を望んだことなどただの一度もない。それなのに、その死までもが千里の責任であるかのように世間はバッシングする。彼女が逝《い》って五年目の今になって……。

あれは、すでに済んだことなのだ。

今更過去をほじくり返して、いったい何の意味があるのか？

彼女が死んで、自分たちの前に立ちふさがっていた壁《障害》が突然消えてなくなり、心の隅でホッと安堵《あんど》のため息を漏らしたことは否定しない。

誰だって、幸せになりたい。

それを望んではいけないのか？

彼女の不幸を願っていたのではない。ただ、愛する人とのささやかな幸せが欲しいだけ。

それが、そんなに悪いことなのか？

彼の妻が生きているうちは、彼女とその子どもたちの存在が重かった。まるで、頭の上に分厚い鉄板がのしかかっているようで。

けれども。彼女の死によってそれがなくなってしまうと、重荷が消えてスッキリしたというより、なんだか妙に気が抜けてしまった。

彼女が彼の『妻』であることにこだわり続け、その座に固執したまま自殺してしまったからだろうか。幸せの定義は、別に『結婚』という形に凝縮されているわけではない。ふと、そんなふうにも思えて。

彼としても、妻の死にはそれなりに思うところがあったようにも思う。

彼は優しく誠実で、千里にとってはたった一人の肉親――妹の将来までもきちんと考えてくれる人だった。それが、一番嬉《うれ》しい。

それから、四年。入籍にこだわらない事実婚の生活は、彼と出会う前には考えられないくらいに充実したものだった。

幸せだった。

贅沢《ぜいたく》はいらない。彼と妹と三人で暮らす生活――この幸福な時間が永遠に続くものだと思っていた。

ある日、突然。

「お姉ちゃん、篠宮さんと不倫していたの？　それで、篠宮さんの奥さんが自殺したって……ホント？　ねぇ、ホントなの？」

妹が――瑞希《みずき》がそんなことを言い出すまでは。

ギョッとした。

顔面が強《こわ》ばりつき、思わず掌《てのひら》にじっとりと汗が滲んだ。

いったい、誰が、そんなことを瑞希に吹き込んだのか。

「そんなこと、どうだっていいじゃない。あたしが知りたいのは、お姉ちゃんが不倫したせいで篠宮さんの家庭がメチャクチャになって、奥さんが自殺したのかってことよッ」

すっかり頭に血が上ってしまった瑞希は、わめき。

「お姉ちゃんも篠宮さんも……汚いッ。好きになったら、何をしてもいいの？　他人を不幸にしてまで幸せになりたかったの？　そんなの……おかしいよッ」

――罵《ののし》り。

「あたしだけ何も知らなかったなんて……。平気な顔で暮らしていたなんて……。イヤ……イヤッ……。ひどい……」

泣きじゃくり。部屋に鍵《かぎ》をかけて、籠《こ》もってしまった。

この五年間、彼を本当の父親のように慕い懐いていた瑞希が、それっきり口も利かない。目も、合わせない。彼がなんとか宥《なだ》めようとするのも嫌がって、一緒のテーブルに着くことすら拒否するようになった。

なにより千里が堪《こた》えたのは、たった一人の妹に、まるで汚いものでも見るような目で拒絶されたことだ。

今までずっと瑞希の親代わりとして頑張ってきたのに、何もかもが台無しになった。

幸せだった日々が、指の隙間《すきま》からこぼれていくようだった。

だが。それは、単なる前振りにすぎなかった。

それから、程なく。いきなり降って湧《わ》いたように彼の過去が――篠宮家の家族崩壊劇が暴露されてしまった。

しかも、全国ネットでスキャンダラスに。

いったい、なぜ?

すべてが過去になるには充分すぎるほどの時間が経った――今になって、なぜ?

寝耳に水どころか、千里にとってはまさに青天の霹靂《へきれき》だった。そして。世間的にはイニシャルのみで語られる千里は、希代《きだい》の悪女の代名詞になった。

不倫相手の妻を自殺に追い込み、家族を崩壊させ、その不幸の上にどっかりあぐらをかいて居座り続ける恥知らずな――女。

一度貼《は》り付いてしまった悪評は消えない。

不本意極まりないそのレッテルを削り取ってしまいたくても、剝《は》がれない。

千里にとっての真実はどうでも、世間的に言えば彼との関係が『不倫』であり、彼の妻が自殺したことは『事実』であり、彼の家庭が崩壊してしまったのは『現実』だからだ。

世間は、目に見える結果だけしか信じない。それを、今更のように痛感せずにはいられなかった。

今は亡き妻が、あの世で『それ見たことか』と嘲笑《あざわら》っているような気がした。

そのバッシングの対象が自分のことだけなら、まだいい。

彼が『極悪非道の父親』と誹《そし》られて、千里が『不倫相手の妻を自殺に追いやった悪女』だと糾弾《きゅうだん》されるのは仕方ない。千里たちの真実がどうでも、暴き立てられた事実は事実だからだ。

だが。その矛先が、何の関係もない瑞希にまで向けられてしまうのは我慢がならない。

生活費も養育費も払わない極悪非道の愛人の——妹。

四人の子どもの母親を自殺に追い込んだ性悪女の——妹。

テレビのワイドショーは露悪的に煽《あお》り、全国ネットで悪意を垂れ流しにする。不特定多数の視聴者の『知る権利』を求める代弁者気取りの傲慢《ごうまん》さで。

実名報道はされなくても、プライバシーは丸裸。それで、瑞希は学校にも行けなくなってしまった。

「学校中のみんなが、お姉ちゃんと篠宮さんのこと知ってるんだよ？　それで、どうして平気な顔で学校に行けるのよッ！」

瑞希にしてみれば。

『不倫相手の家族を不幸のドン底に叩《たた》き落とした金で、平然とお嬢様学校に通っている恥知らずな娘』

そんなふうに陰口を叩かれるのが、一番辛《つら》いようだった。

紫女《ゆかり》学院に通えるのが彼の援助であることは否定しないが、難関といわれる高校を受験し堂々と入学を勝ち取ったのは瑞希の実力だ。

なのに、本人とはまったく関わりのないスキャンダルで瑞希が貶《おとし》められる。それが、千里には堪らなかった。

それだけなら、まだしも。篠宮家の次男を襲って逮捕された暴行犯が瑞希とは幼馴染《おさなな じ》みの門《かど》倉俊介《くらしゆんすけ》であることが報道されるやいなや、周囲の状況は一変――いや、激変した。

自転車通学の男子高校生ばかりを狙《ねら》った一連の暴行事件――世間を震撼《しんかん》させた事件の加害者全員の家族関係を含めた詳細なプロフィールがネットで公開されるということがあって以来、猛烈な批判《バッシング》を浴びて身の置き所もなくなってしまった俊介の母親は、それを知ると血相を変えて怒鳴り込んできた。

門倉の家族がどれほど俊介を蔑《ないがし》ろにしてきたか。それで、俊介がどんなに辛く淋《さび》しい思いをしてきたか。自分たちの都合の悪いことはすべて棚に上げ、マスコミが垂れ流す根も葉もない噂に踊らされた母親は千里たち姉妹を口汚く罵り、鬼のような顔で罵倒《ばとう》した。

まったく、冗談ではなかった。自分の子育ての不始末を他人のせいにして喚《わめ》き散らすバカな親に、どうして自分たちがそこまで悪し様《あざま》に言われなければならないのか。千里たちこそ、大迷惑のトバッチリもいいところだった。

そうなるともう、あとは売り言葉に買い言葉の泥沼だった。

『ヤンキーの幼馴染みを唆《そそのか》して、篠宮家の次男を暴行させた女』

『血は争えない。鬼畜不倫女の妹も、やっぱり悪女』

マスコミは、事実無根な憶測のみで容赦なく瑞希を傷つける。

「違う……違うッ。そんなこと、あたしは知らないッ！」

瑞希の叫びは、もはや悲鳴に近かった。

幸せが指の隙間からこぼれていくどころか、千里と瑞希の日常すらもが一気に崩壊してしまった。

非常識なマスコミの取材合戦と無神経な野次馬の嫌がらせで家の電話はひっきりなしに鳴るので、コンセントを抜いてある。

俊介との関係が暴露されてからは瑞希に対するバッシングがあまりにひどくて、ショックで追い詰められてしまった瑞希は家を飛び出してしまった。

頼る親類もいないのに、いったいどこでどうしているのか。それを思うと、心配で夜もロクに眠れない。

携帯電話にかけても、出ない。だから、こまめにメールを送る。一応送信はできているが、まだ一度も返事は返ってこない。

そんな千里の心労を更に痛打するように、今度は、慶輔が警察に保護された。携帯電話で連絡を受けビックリ仰天で駆けつけると、彼は左腕を骨折していた。

借金返済の金策に駆けずり回っていたはずの彼が篠宮の末息子にバットで殴られたのだと知り、千里は顔面蒼白《そうはく》になった。

いったい、どうして?

——そんなことに。

その疑問に応えてくれたのは彼ではなく、篠宮の長男だった。

「借金の金策に行き詰まって、果ては、篠宮の家の権利書を狙ってコソ泥のマネですか? それで裕太《ゆうた》にバットで殴られて骨折なんて、まぁ、いいザマですね。さすがに呆《あき》れ果てて、言葉もありませんよ」

美貌《びぼう》のカリスマ・モデルとして活躍する長男は、痺れがくるほど冷たい声で淡々と彼を扱《こ》き下ろした。

その姿は雑誌などで見知ってはいても、本人を目の前にするのは初めてだった。

端正すぎる容貌にはいっそ表情がなく、日本人離れした長身から見下す視線の冷ややかさに千里は竦《すく》み上がった。

「どうせ。家に忍び込んだのがバレても、裕太一人くらいどうにでも手玉に取れる……とか、甘いことを考えてたんじゃないですか？　だったら、この際、左腕一本、授業料を払ったとでも思ったらどうですか？　もっとも、俺に言わせれば。そんなもの、積もり積もった俺たちへの慰謝料の利子にもなりませんけど」

怖かった。

あからさまに罵倒されているわけではないのに、平坦《へいたん》な口調で理路整然と実の父親を撫で斬《なぎ》りにする長男が、すごく……怖い。それが、長男に対する千里の偽らざる気持ちだった。

そして、千里は。彼と長男の確執がどれほど根深いものか、身をもって知ることになった。

今回の件で、長男がマスコミに向けて会見を開くと言ったからだ。

「俺的には、こんなくだらないことで、また、あることないこと派手に書き立てられるのか……とか思うと、もううんざりで、反吐《へど》が出そうですけど。どっちにしろ、何か言わなければ収まりがつかないんですから」

不倫して子どもを捨てていった極悪非道な父親が、借金を作って首が回らなくなり、家の権利書を狙ってコソ泥に入ったところを末弟に見つかってバットで殴られて骨折した。

そう、発表するのだと。

それがただの皮肉でも冗談でもなく、本当にやるつもりなのだと知って、千里は一瞬目の前が真っ暗になった。

イヤよ。

ダメよ。

そんなこと――しないでッ！

千里は思わず長男の前に飛び出し、土下座した。

「お…お願いです、雅紀さん。それだけは……それだけは、堪忍してやってくださいッ」

恥も外聞もなく、千里は哀願せずにはいられなかった。

床に額を擦《こす》りつけ、なんとか思い留まってもらおうと必死だった。

しかし。

「今更あなたに土下座してもらっても、なんの足しにもなりませんよ。ますます不愉快になるだけです」

この長男に、どれほど恨まれているのか。

――憎まれているのか。

それを思うと、舌根も凍りついてしまいそうだった。

それでも。

「お願いですッ。こんなことがテレビで流れたら、慶輔さんは……いえ、あたしも、何の関係もない妹も、もう、首を括《くく》るしか……」

みっともなくて、いい。

恥曝《はじさら》しでも、かまわない。

思わずそれを口走らずにはいられないほど、切羽詰まっていたのだ。

自分はどうでもいい。瑞希のために……。これ以上、瑞希にだけは惨《みじ》めな思いはさせたくなかった。

――けれど。

「身から出た錆《さび》……でしょう。さんざん人を踏みつけにしておいて、今更ムシのいいことばっかり言わないでもらえますか。俺は、なんの節操もないハイエナどもから弟たちを守るので手一杯で、赤の他人のことまでかまっちゃいられないんです」

長男は、いっそ非情なまでに千里の哀願を切り捨てにした。

「今更、俺に、親子の情愛だのなんだの……そんなケタクソ悪いものは期待しても無駄です。あの人が篠宮の家を出ていったときに、スッパリ、親子の縁は切れていますから。それは、真山さん、あなたが一番よくご存じのはずなのでは?」

知らない。

そんなことは――聞いてないッ。

家族絡みのことについて、彼は一切語らなかった。悟らせもしなかった。それが彼の千里に対する優しさだと、ずっと、そう思っていた。

だから、知らなかった。

——聞かなかった。

聞くことで、彼の重荷になりたくなかったから。

「そういうわけですから。自分の蒔《ま》いた種はキッチリ、自分で刈り取ってください。あー……。それから、もうひとつだけ。この先、二度と、俺たちの周りをウロつかないでください。今度こんなことがあったら——容赦しませんから」

そう、きっぱりと宣告された。

——瞬間。

一連のスキャンダル騒ぎからずっと千里の中でキリキリに張り詰めていたものが、プッツリ……切れた。

そこが、警察署であることも。

事の成り行きを、刑事が息を殺して凝視していることも。

愛する彼のこと、も。

何もかもが千里の頭の中から一瞬にして消え失せた。

ただ、哀《かな》しくて。

辛くて。

惨めで。

どこもかしこも——痛くて。

身体の奥底までグダグダのズクズクになって、ひたすら号泣せずにはいられなかった。

あれから、時間だけが虚《むな》しく過ぎていく。

瑞希も、彼も帰ってこない部屋は広すぎて。真夏だというのに、寒すぎて。

——悲しい。

けれども。あの日、涙が涸《か》れるまで泣き明かしたせいか。泣きたくても、もう涙が出ない。

ただ——辛い。

すごく、疲れた。

彼の妻のように、いっそ死んでしまえば楽になれるのかもしれないが。彼と瑞希を残しては

……逝けない。

死んでしまったら、これまでの自分をすべて否定してしまうような気がして。そしたら、自分が信じてきたモノをすべて否定されてしまうような気がした。

死んだら——負け。

(それは……イヤ)

彼の妻のような身勝手な死に様は、嫌だ。

(絶対に、イヤ)

逃げちゃ、ダメ。

負けちゃ、ダメ。

死んだらそこで終わりだけど、生きていれば、まだ――なんとかなる。

全国ネットで『スキャンダラスな悪女』のレッテルを貼られた千里を取り巻く周囲は、無理解だ。上司は、千里が自主退職をすることを望んでいる。

冗談でもそれを口にすれば立派にパワー・ハラスメントになることがわかりきっているので、言葉にしたことはないが。その態度を見ていれば、何を思っているのかがわかる。

先の人事異動で、千里は窓際どころか仕事らしい仕事のない閑職に追いやられた。

その部署は人材の墓場と呼ばれ、何らかの理由があって退職勧告のできない者たちのために作られたクソ溜まりだと、噂には聞いていた。

リストラするにも、会社の体面がある。

早く辞めさせることが目的だから、仕事は何もない。いや……何の意味もないことを延々とやらされるだけ。

社員にはあからさまに給料泥棒と言われ、忌《い》み嫌われている。

自分がそんなところに追いやられるまでは、千里もそう思っていた。そこまで悪し様に言われて、プライドもないのだろうかと。

辞めたくても辞められない、事情。

無言の圧力に対する、意地。

人材の墓場にも、それなりのプライドがあるのだと知った。

だから。千里は辞めない。

自分は退職を強要されるようなことは何もやっていない。その自負があるからだ。

けれど——片意地を張るのも疲れる。

(でも、負けない)

それを思い、千里は買ってきたばかりの弁当に箸《はし》をつけた。

あの日から……篠宮の長男の非情さを思い知ってから、何を食べても味がしない。

それでも、食べる。

世界中が敵になっても、千里には彼がいる。

(あたしは独りじゃない)

それを知っているから……。

「大丈夫だ、千里。じきにケリがつく。借金を返せる目処《めど》もついた。もう、大丈夫だから」

三日前、携帯電話で久々に彼の声を聴いた。それだけで、深々と安堵のため息が漏れた。

(ほら。慶輔さんはちゃんと、あたしのことを考えてくれてる)

彼が『大丈夫』だと言うのだから、きっと、そうなのだ。

それを信じるしかない。

今が最悪最低のドン底でも、夜は必ず明ける。

それを思って、千里は口の中のものをゆっくりと咀嚼《そしやく》した。

《＊＊＊ループするもの＊＊＊》

その日。
いつものように定時で課外授業を終えた尚人《なおと》は、午後の一時過ぎには家に帰り着いた。
ガレージの前で自転車を止め、降りる。
とたん、アスファルトの照り返しが一気に這《は》い上がってきて。
(あー……あっちィ……)
尚人はジワリと滲んだ汗を手の甲で拭《ぬぐ》う。
自転車を走らせているときは爽快《そうかい》感の方が勝るが、降りるとさすがに暑さがぶり返す。
さっさと家の中に入って、まずは水分補給。
それを思って、自転車を移動させようとしたとき。
「篠宮《しのみや》さんッ」
いきなり名前を呼ばれて、振り返る。
そこには、見知らぬ少女がいた。

いや、そうではなく。その顔が、何か……記憶のどこかでかろうじて引っかかっているような気がして。

(あ…れ？　えーと……誰、だっけ？)

小首を傾《かし》げる。

確か、どこかで。見たことがある——はずなのだが。とっさに思い出せなくて。

(んー……出てきそうで出てこないって、なんか、頭のへりがモゾモゾして気持ち悪い)

目の前の少女をマジマジと凝視する。

尚人には誰だか思い出せないのだから、そっちが先に名乗ってくれればいいのに……。そう思った。

——瞬間。

「……ッ！」

いきなり『顔』と『名前』が繋《つな》がった。

(真山《まやま》……瑞希《みずき》？)

とたん。

(ウソ……)

尚人の顔が険しくなる。

驚きよりも、嫌悪感が先に立つ。

なんで？

――どうして？

いったい、なぜ。瑞希がこんなところにいるのだろう。

あのときは、紫女学院《ゆかり》の制服姿だった。髪ももっと、短かった。

女の子は私服と髪型で化ける――とは聞いていたが。眼前の瑞希は雰囲気が変わるというより、ゲッソリやつれて、すっかり面変わりをしていた。

だから、すぐには思い出せなかった。

以前の瑞希はいかにも健康的な女子高生――という感じで、はつらつとした覇気《はき》があった。

尚人に勘違い丸出しの因縁を吹っかけてくるくらいには、だ。

だが。今は、それがない。

頬《ほお》はこけ、髪もパサついて、まるで病み上がりのように痩《や》せ細っていた。

(どうしちゃったんだ？)

束の間、尚人は瑞希と睨《にら》み合う。

――違う。

一方的に睨んでいるのは尚人の方で、先ほどから瑞希はオドオドと落ち着きがない。

自分から声をかけたのはいいが、尚人の視線をどういうふうに受け止めたらいいのか……わからない。そういう顔つきだった。

(なんだよ?)

また、待ち伏せ?

今度は、家の前で?

翔南《しようなん》高校の正門前でのことが不意に甦《よみがえ》ってきて、尚人は苛立《いらだ》つ。

あのときは、理不尽な因縁を吹っかけられて頭が弾けた。忘れかけていた過去を無理やりほじくり返されて、吐き気がした。

(今度は、何?)

それを思うだけで、ムカムカとしたものが込み上げてきた。

いったい瑞希が何の用があるのかは知らないが、尚人には、それに付き合ってやる義理も意味もない。

呼びかけたきり何も言わずに自分を見つめているだけの瑞希を無視して、尚人は自転車をガレージに入れるために背を向けた。

——と。いきなり、走り寄ってきた瑞希に腕を摑《つか》まれた。

その汗ばんだ感触に、一瞬、ドキリとする。

「あたしじゃないから」

上目遣いに尚人の顔を覗《のぞ》き込んで、瑞希が言う。

何のことだかわからずに、尚人はしんなりと眉《まゆ》をひそめた。

「あたしが頼んだんじゃない」

(だから、何がッ?)

話の筋が見えなくて、尚人の眦《まなじり》がきつくなる。

あのときも、そうだった。自分の都合だけを押しつけてくる瑞希が何を言いたいのか、さっぱりわけがわからなかった。

無言の圧力に、瑞希はビビったように唇の端を引き攣《つ》らせた。

普段の尚人は穏やかすぎるほどに穏やかだ。感情を剝《む》き出しにすることなど、滅多にない。たとえ相手が激昂《げっこう》しても、その情動に引き摺《ず》られることなく対処することができる。それができずに身も心も翻弄《ほんろう》されてしまう相手は、雅紀《まさき》だけだ。

なのに。

瑞希を前にすると、なぜか平常心でいられない。嫌悪感が先に立って心がざわめき、気持ちがささくれる。

それは条件反射というより、すでに刷り込みに近いものがあった。

なぜなら。知らなくてもいいことを……知らずにいれば保たれた心の平穏を瑞希が打ち砕いたからだ。

目に見える結果がすべて真実であるとは限らない。

そのことを、尚人は知っている。

事実に目を背けても、現実は何も変わらない。

それが、ただの詭弁ではないこともわかっている。綺麗事だけでは、本音だけでは人は生きていけないのだ。

誰にとっての、何のための『真実』であるのかは別にして。そこに至るまでの『理由』と『事情』は人の数だけあるのだから、自分の『正義』がいつも正しいとは限らない。

だったら。

知らなくてもいい真実を無理やりに暴き立てる必要はない。見なくても済む事実なら、あえて知る必要はない。日常の平穏と心のバランスはそうやって保たれているのだと、尚人は知っている。

不要な情報《モノ》が多すぎるから、振り回される。

知りたいこと。

知らなくてもいいこと。

聞きたいこと。

聞かずに済むこと。

それを選択するのはすべて自己責任でいい。

自分で決めたことなら、たとえその結果がどう転ぼうと自分なりに納得ができる。だが、周囲から無理やりそれを押しつけられるのは、嫌だ。

瑞希は身勝手な理由で、尚人が知る必要のないことまで押しつけてきた。それが、一番腹立たしい。

今も、だ。

「あたしは関係ない。俊《しゅん》ちゃんに、何も頼んでない」

わけのわからない言葉遊びは、ただの耳障りでしかない。

いいかげん鬱陶《うっとう》しくなって。尚人は、摑まれたままの手を強引に引き剝がす。

――とたん。

瑞希は大きく双眸《そうぼう》を見開き、ハッと息を吞《の》んだ。

「今更、何？　さっさと帰れよ。俺は、あんたに付き合ってるほどヒマじゃない」

言葉以上にキツい尚人の眼差しに射抜かれて、瑞希はあからさまに傷ついた顔をした。

それすらもが、尚人を苛つかせる。

(だから、なんでッ。おまえがそんな顔するんだよ)

これではまるで、尚人の方が悪者になった気分だ。

(それって、違うだろ)

いきなり現れて、日常をかき乱される不快感。

ムカつく。

イラつく。

顔を見ているだけで、神経を掻きむしられる。
（いいかげん、ウザイ）
その言葉で、横っ面を張り飛ばしてやりたくなる。
すると。瑞希は口の端をわずかに歪《ゆが》めた。
「知ってるんでしょ？」
——何を？
「あなたを襲った暴行犯があたしの幼馴染みだって、知ってるんでしょ？」
トーンを低く絞って吐き出された言葉は、どこか引き攣れていた。
一瞬、尚人は訝《いぶか》しみ。そういえば、どこだかのテレビでコメンテーターがそんなことを言っていたのを思い出す。
《見た？　週間キャッチの独占仰天スペシャル》
《例の愛人の妹と暴行犯のヤンキーが実は幼馴染みだった——っていう、あれでしょ？》
《偶然じゃないよねぇ》
《もしかして、ＭＡＳＡＫＩが犯人をボコッたっていうのも、そこらあたりが関係してるんじゃないかって噂がチラホラ》
《……マジ？》
《そう。きな臭い》

《できすぎ、できすぎ》
《やっぱり、シナリオ通り？》
《親父絡みで？》
《坊主憎けりゃ袈裟《けさ》まで憎い…って言うじゃない》
《女って、コワ〜イ》
さすがの尚人もビックリ仰天だったが。単なる憶測もまるで事実であるかのように無責任に垂れ流しにするコメンテーターの言葉などその場限りで耳に残らない尚人は、瑞希がそれを口にするまですっかり忘れていた。
「——だから？」
それが、何だというのだ？
「あたしが頼んだんじゃないッ」
めいっぱい、瑞希は否定する。
それで、ようやく。尚人は、瑞希がここに来た理由を知った。
「あんなことしてくれって、頼んでないッ」
必死に、瑞希が言い募る。
尚人的にはどうでもいいことが、瑞希にとってはしごく重大なことなのだと。
だが。それは。せっかく癒《い》えかけた尚人の傷を搔きむしるだけの行為だと、瑞希は気付きもしないのだろう。

§§§§　　§§§§　　§§§§　　§§§§

そのとき。

裕太は自室でパソコンと格闘していた。

インターネットの基本設定などは業者にやってもらったが、鼻歌まじりに使いこなせるようになるまでは、まだ……遠い。

手っ取り早く、わからないことは尚人に聞けば一発で済むのはわかりきっている。

——が。その尚人だって、分厚い説明書を見ながら独学で使いこなせるようになったのだ。しかも、学校から帰ってきて宿題と家事をこなす合間を縫って……だ。

限られた時間を有効に使う。その集中力は、スゴイ。

尚人にできて、自分にできないわけがない。

雅紀あたりに言わせれば、

『おまえの、その根拠の欠片《かけら》もない自信はどこから湧《わ》いて出るんだ?』

だったりするのだろうが。そんなものは、やる気と根性でどうにかなるに決まっている。

尚人と比べられるのが嫌なのではない。ハイパー・スペシャルな偏差値を誇る進学校に通う尚人と中学にもロクに通っていない自分とでは、はっきり言って勝負にもならない。

不登校の引きこもり。

それは自分が決めたことだから、誰にも文句は言えない。言わせもしないが。

かといって、ことさらに自分を卑下するつもりもなかった。裕太のプライドは、そこまで低くない。

自分の人生は誰も肩代わりしてくれない。ヒネくれるのも、バカをやって落ちるところまで落ちてしまうのも、すべて自己責任。

本当の意味で無為に時間を過ごすことの愚かさに気付いたから、取り戻したいだけ。

喪《うしな》った時間は元には戻らないから、だったらこれからの自分のためにも、きっちりとリセットしたいと思ったのだ。

尚人が暴行事件に巻き込まれて、それからモロモロあって、何が自分にとって必要なのかを思い知らされた。

自分から一歩を踏み出さなければ、何も変わらない。

自分は変わらなくても、周囲は確実に変わっていく。

時間は待ってはくれない。ただ過ぎていくだけ。今更のように、それに気付いた。

まだ、間に合う。

遅くない。あとは、しっかりと前を見据《みす》えて歩き出すだけだと思った。

『やるからには結果を出せ』

雅紀にそれを言われて。裕太は初めて、本当の意味で雅紀に向き合うことができたような気がした。

結果を出さなければ、雅紀には認めてもらえない。

褒《ほ》めてもらいたいのではない。

今まで、やることをやらないできた裕太だから、何を言っても雅紀の目にはただのクソガキとしか映らなかった。雅紀と同じ目線でタメを張るなど、百年早いのもわかっている。

だから、せめて雅紀に認めさせたい。やればできるということを、雅紀に認めてもらいたいのだ。

キーボードを見ないでキータッチ。まずは、それをクリアするのが当面の課題である。

それにしても、暑い。

当然だが。裕太の部屋には扇風機はあってもクーラーはない。網戸の付いた窓は一日中開けっ放しだ。

朝から鳴り響く蟬《せみ》の大合唱がウザくても、それがよけいに暑苦しさを煽っても、真夏のド真ん中なのだからしょうがない。

先ほど、窓の下で自転車の音がした。

尚人が学校から戻ってきたのだ。時計を見やると、午後一時十三分だった。

（ナオちゃん。ホント、時計いらずだよな）

多少の時間差はあっても、毎日の帰宅時間が大幅に崩れることはない。

なのに。いつまでたっても、尚人が家の中に入ってくる気配はなかった。

そうしている間に、

「あたしじゃないィッ」

「そんなこと、頼んでないィッ」

いきなり、声が響いた。

どこかの女が、誰かと揉《も》めているらしい。

（うるさいなぁ、もう）

女のキンキン声は耳障りで、蝉の鳴き声よりもうるさい。

（人ン家《ち》の前で、何やってんだよ）

窓の外を覗くと、尚人と見知らぬ女がいた。

（ナオちゃん？）

驚いた。

炎天下で尚人が女と話しているから――ではない。その顔つきが、日頃の尚人とは思えないほどきついモノだったからだ。

（何やってんだよ、ナオちゃん。その女……誰？）

裕太の顔も、知らずキツくなるのだった。

§§§§§　§§§§§　§§§§§　§§§§§

「あたしじゃないッ」

瑞希は繰り返す。まるでバカのひとつ覚えのように、そればかりを。

そのたびに、尚人の顔つきが険しくなっていく。

あの暴行事件は、犯人が逮捕されたことで尚人の中では一応の区切りが付いた。

決着ではなく、あくまで、ひとつの区切りだ。

ゲーム感覚で犯行を繰り返していた不良たちはまったく反省の色もなく、叩けばまだまだ余罪は出てきそうだとニュースは言っていた。

それを有耶無耶《うやむや》にはしてはいけない。

事件を、風化させるようなことがあってはならない。実際、被害を被った中には三年の西条《さいじょう》のように、いまだに復学の目処もたたない者もいるのだ。

――だが。尚人としては、忘れたいのだ。

あれは、終わってしまったことなのだから。

足の具合もよくなって、自転車通学もできるようになった。日常生活にも、今のところ何ら支障はない。

だから――忘れてしまいたい。

いつまでも、事件を引き摺っていたくない。

背後から、いきなり襲われる恐怖も。自転車ごと壁に激突する衝撃も。ジクジクと疼《うず》きしぶる痛みも。できるものなら、記憶の中から抹消してしまいたい。

なのに。

瑞希は、ついたはずのケジメを蒸し返して尚人の神経を逆撫《さかな》でにする。

腹が立った。猛烈に……。

(なんで、こいつは……)

被害を被った痛みも恐怖も知らないくせに、どうして、癒えかけた傷口に指を突っ込んで掻《か》きむしりたがるのか。

忘れてしまいたいことを無神経に思い出させる瑞希が――嫌いだ。

明確に、尚人は意識する。たった二回しか会っていないこの少女が、自分にとっては天敵のようにすら思えた。

「今更——何？　終わったことを蒸し返すなよ」

「あたしじゃない。あたしは知らないッ」

そんなことは聞いてない。

——聞きたくもない。

「本当なのよ」

すがりつくような眼差しさえもが——ウザイ。

「信じてッ」

いいかげん、尚人はうんざりする。

「だから。どうして、自分の都合ばっか押しつけるんだよ？」

語気を強めて睨むと、瑞希の双眸がヒクリと引き攣れた。

「自分のことしか考えてないだろ、あんた」

尚人の都合も気持ちも無視して自分の正当性ばかりを主張する瑞希に、マジでムカついた。

自分の痛みには過敏すぎるほどに反応するくせに、他人の痛みには無頓着。好奇心丸出しの同情と憐憫《れんびん》は鬱陶しいだけだが、少なくとも、瑞希のように無神経に指を突っ込んできたりはしない。

「いきなり襲われるってことがどういうことか、あんた、ぜんぜんわかってないだろ」

身体の傷は薄れても、刷り込まれたトラウマは消えない。

「あんた。ホント、人の痛みがわかんない無神経な奴だよな」

見えない痛みがどういうモノか、この女にはまるでわかっていないのだと思うとムカムカしてきた。

「ちょっとぐらいマスコミに叩かれたからって、それがなんだよ」

自分たち家族の悲惨なプライベートが丸裸にされていまだにスキャンダラスに垂れ流されていることに比べれば、微々たるものだ。

「自分が潔白だって言うんなら、他人にどう思われようと関係ないだろ」

他人の不幸は蜜《みつ》の味。

それがどんなにムカついても、噂は噂を呼んで好き勝手に転がっていくものなのだ。いちいち気にしていたら、身が保《も》たない。

自分は、自分。

他人は、他人。

そうやって割り切らなければ、心も身体も疲れ切ってボロボロになるだけだ。

「自分が楽になりたいからって、それを俺に押しつけるなッ」

一番言いたいのは、それだ。

他人を顧みない押しつけがましい主張は、最悪。それが、どうしてわからないのか。

前回で懲《こ》りたはずではなかったのか？　なのに、同じことを繰り返す瑞希が。学習能力の欠片《かけら》もないそのバカ丸出しな言動が、鬱陶しくてならない。

「さっさと、帰れッ」

最後に一言吐き捨てて、尚人はサックリ背を向けた。

背後で瑞希が泣きじゃくる声がしたが、無視した。

都合が悪くなると、泣けば済むと思っている。

（バッカじゃないの）

泣けば、同情してくれるとでも思っているのか？

ムカついて。

——ムカついて。

————ムカついて。

本当にもう、目眩《めまい》がしてきそうだ。

瑞希の姉——真山千里《ちさと》もそうだった。自分たち家族を不幸のドン底に突き落とした女が、身勝手な言い分を雅紀に拒絶されて号泣した。

尚人たちは泣きたくても泣けなかったのに、すべての元凶である女が人目も憚《はばか》らずに号泣する。それが一番の理不尽に思えてならない尚人だった。

(姉妹《あいつら》って、そんなとこまでクリソツなんだ?)

それを思うと、知らず、奥歯が軋《きし》った。

自転車をガレージに入れて、そのまま足早に玄関に回って家の中に入る。

背後できっちりドアを閉めると、まとわりつく不快さがようやく途切れて。

(あー……。なんか、一気に疲れた)

尚人はどんより深々とため息をついた。

§§§　§§§　§§§　§§§

篠宮家のガレージ前でしゃがみ込んだまま、瑞希は身じろぎもしなかった。

尚人のキツイ眼差しが、瞼《まぶた》に焼きついて離れない。

『終わったことを蒸し返すな』

その言葉に、激しい拒絶感を感じた。

『あんたはもう、何も知らない赤の他人じゃない。俺たち家族をメチャクチャにした加害者の一人だってこと……忘れるなッ』

前回のそれと。

『自分が楽になりたいからって、それを俺に押しつけるなッ』

今回のこれ。

自分が知らなかった事実を面罵《めんば》された衝撃度は前回の方が大きかったが、まるで瑞希の人格まで否定されたかのようなショックは今回の方が深かった。

痛くて。

苦しくて。

——泣けた。

泣いて。

悔やんで。

——落ち込んで。

自己嫌悪の呪縛《じゅばく》に嵌《はま》る。

前に一度それをやって。さすがに二度目はないだろう……そう思っていたのに。懲りずに同じことを繰り返す、バカ。

学習能力のない、自分のことしか考えてない自己チューな女。

そう思われてもしょうがない。

けれど。スキャンダラスに誇張された事実とねじ曲げられた真実の齟齬《そご》を誰に理解してもらえなくても、瑞希は、尚人にだけわかってもらえればそれでよかった。

終わったことを蒸し返すな。

尚人は、そう言うが。瑞希の中では、まだ何も終わっていない。

何のケジメもついていない。

マスコミに、

『不倫相手の家庭をメチャクチャにした金でお嬢様学校に通っている恥曝《はじさら》し』

呼ばわりされても、返す言葉がなかった。それは、事実だからだ。

昨日までは仲のよい友達だと思っていた者たちから、蔑《さげす》んだような眼差しで総スカンを食らう衝撃。

何も知らずに家族ごっこをしていた自分が、恥ずかしい。恥ずかしくて——腹立たしい。

だが。鬼畜な姉とグルになり、幼馴染みのヤンキーをけしかけて不倫相手の息子を襲わせた極悪な妹——そんなふうに言われるのは、我慢できなかった。

違う。

——違うッ。

——違うッ！

知らなかった事実を糾弾されて嘲《あざけ》られるのと、やってもいないことをやったと誤解されてバッシングされるのとでは、まったく意味が違う。

無理解な周囲にスポイルされるのと事実無根の烙印《らくいん》を押されるのとでは、ショックの比重がぜんぜん違う。

瑞希には、どうしてあんなことになったのか……わからない。

俊介《しゅんすけ》が、なぜ、あんなバカなことをしでかしてしまったのか……理解できない。

それを問い詰めたくても、瑞希には俊介に会うことすらできない。

真実がどこにあるのか……わからない。

知りたいのに、誰にも教えてもらえない。

どうしたらいいのかすら、わからない。

俊介のやったことと、瑞希は関係ない。それだけが、瑞希の真実だった。

だから。スキャンダラスな噂に真実がねじ曲げられるのが、嫌だった。

やってもいないことを尚人にやったと思われるのが――怖かった。

赤の他人に何を言われても我慢できるが、尚人にだけはちゃんと真実を知ってもらいたかった。それさえできれば、瑞希は満足だった。

誠心誠意を込めれば、真意は伝わる。

いや――伝わって欲しい。

それが、瑞希の切なる願いだった。

けれども。手酷《てひど》く拒絶されてしまった。

自分が楽になりたかったから、ここに来たのではない。

尚人との因縁が因縁だから、あれ以上の悪感情はないと思っていたのに更に凶悪になった。

そしたら、もう、じっとしていられなかった。

四兄妹弟《きょうだい》の中で唯一面識の持てた尚人に、自分を襲わせて平然としているような極悪な女だと思われたままでいるのが耐えられなかったのだ。本当に、ただそれだけなのに……。瑞希と尚人の認識のギャップは深い。

なけなしの勇気を振り絞った果ての決意と誠意を、土足で踏みにじられたような気がした。

どうして。

なんで。

――わかってくれないんだろう。

『あんた。ホント、人の痛みがわからない無神経な奴だよな』

怒りを押し殺した――いや、蔑みの籠もったその言葉に自分という存在を全否定されたような気がして、涙が止まらなかった。

§§§§　　§§§§　　§§§§　　§§§§

家の中に入って。通学鞄《かばん》を手にしたまま、尚人はまずダイニング・キッチンに向かった。とりあえず、意に沿わないバトル・モードから解放されてカラカラに渇いた喉《のど》をどうにかしたい。そう思ったからだ。

——と。

「ナオちゃん、何やってたんだよ」

いつの間にか、裕太が自室から降りてきていた。

「……え？」

冷蔵庫から取り出した冷茶のペットボトルを持ったまま、尚人は振り返る。

「声、筒抜け」

もしかして瑞希とのやりとりを全部聞かれていたのかと思うと、さすがにドッキリする。

「あれ、誰？　何をモメてたんだよ？」

以前の裕太なら、考えられないような台詞《せりふ》である。

「誰…って……」

思わず、尚人は口ごもる。

瑞希のことをなんと説明していいものやら、思案に余る。

「元カノとの修羅場？」

ありえないことをジョークにして茶化されただけなら、笑って済ますこともできるが。口には出さないだけで、雅紀とのことを確実に知られているだろう裕太に真顔でそんなことを言われると、顔が引き攣って身の置き所がなくなる。

「おれ、ナオちゃんがあんなふうにキッツイ言い方すんの、初めて聞いた」

ただの興味本位でないことはわかる。

「あの女――誰?」

だが……。

瑞希との関わりを何もかもブチ撒《ま》けてしまうことに、ためらいがあった。

翔南高校で瑞希に待ち伏せされたことは、雅紀にも言っていない。どうしようか……それを迷っているうちに、一連の暴行事件が始まってしまったからだ。それでなし崩し的に有耶無耶になって、雅紀に話すチャンスがなくなってしまった。

それが頭にあって、どうしたものか……思案せざるをえなかった。

雅紀が知らないことを、裕太に話す。

(それって……マズくないか?)

どう考えても、ヤバイだろ。

『隠し事はするな』

『一人で抱え込むな』

『気になることは、ちゃんと全部話せ』
雅紀の言葉が今更のように思い出されて、尚人の唇はほんのわずか重くなる。
すると。
「雅紀にーちゃんには黙っててやるから、サクサク吐けよ」
裕太は奥の手《ジョーカー》を切った。
(それって、おまえ……反則だろ)
思わず、顔が強ばる尚人だった。
「誰？　何？」
端的に切り込んでくる裕太は、めっきりマジだった。
これでは適当に誤魔化すこともできないし、誤魔化されてもくれないだろう。
とりあえず頭の中を整理するために、尚人は冷茶をグラスに注いで一気に飲み干した。
カラカラに渇いた喉に、潤いが染み渡る。
だが。裕太の視線は尚人に張りついたまま、逸《そ》れない。
グラスを洗って、伏せ。尚人は、
「あいつは、真山瑞希。あいつの愛人の妹」
唇重く告げる。
——と。裕太の表情が激変した。

あまりにも予想通りで、尚人は内心どっぷりため息を漏らす。

引きこもり歴、五年。この間の父親絡みのアクシデント（慶輔《けいすけ》）（裕太にとっては、だが）を別にすれば、まるっきり太陽に当たっていない裕太の肌は白い。それが、今はしんなりと蒼《あお》ざめているようにさえ見えた。

「——マジ？」

声音低く、裕太が念を押す。

コクリと、尚人は頷《うなず》いた。

マヤマミズキ——裕太の唇が、その韻を刻む。

「そいつが、ナオちゃんに何の用？」

「俺を襲った暴行犯が妹の幼馴染みだったっていう噂、知ってる？」

「知ってる。独占仰天スペシャル……だろ？」

事件が起こる前の裕太は、テレビなど見なかった。新聞すら、読まなかった。

しかし。事件後は違う。

「それを、否定しに来た」

「はぁ？」

何、それ？　——とでも言いたげな顔つきだった。

「だから、自分は関係ないって。俺を襲えなんて、頼んでない。自分は何も知らない。だから、ヤンキーな幼馴染みとは共謀なんてしてない。そう言ってた」

「――それだけ?」

マジで? ――と、顔に書いてある。

「そう。思いっきり全面否定しに来ただけ」

本当に、最初から最後までそれしか口にしなかった。

「――バカだろ?」

ほかに言いようがない――らしい。

「全国ネットで極悪な女呼ばわりされて共犯者扱いされたのが、よっぽどショックだったんじゃない?」

つまりは、そういうことだろう。真実はどうなのか、知らないが。

それをわざわざ完全否定しにくる無神経さが、尚人にはわからない。

尚人たちが不幸のドン底で喘《あえ》いでいたときに、美味《ウマ》い物を食べ、何不自由なく幸せな家族ごっこをやっていたらしい瑞希にとって、実父《慶輔》の存在がどういうモノだったのか、尚人にはわからない。

――わかりたくもない。

真逆の意味で、それは瑞希も同じだろう。あのときの尚人たちの憤激と慟哭《どうこく》と耐え難い喪失感に苛《さいな》まれていた気持ちなど、絶対にわかるわけがない。

わかってほしいとも、思わない。

そういう気持ちを瑞希と共有することさえ不快だった。

他人の不幸の上に成り立った幸福が思わぬ形で破綻したとき、瑞希が何をどう思ったのか……なんて、知りたいとも思わない。それが、尚人の本音だった。

「けど、なんでわざわざ、それをナオちゃんに言いにくるわけ？」

できればサックリとスルーしたいことをあえて突っ込んでくる裕太は、やはり、簡単には誤魔化されてくれない。尚人は、それを痛感する。

「ナオちゃん。もしかして……あいつと顔見知りだったりするわけ？」

「前に一度、会っただけ」

「いつ？　どこで？」

裕太の詰問モードは全開だった。

「五月の連休前……だったかな。放課後、学校の正門前で待ち伏せくらった」

結局は、その馴れ初めまで白状させられる羽目になり、尚人は小さくため息をこぼす。

「待ち伏せって？」

「わけわかんない因縁を吹っかけられたんだよ」

尚人にとって、それはある意味、衝撃的だったが。そのときの経緯を簡単に語って聞かせると、それだけで、裕太の目は完璧《かんぺき》に据わってしまった。

（だから、言いたくなかったのに……）

嘘《うそ》で裕太を丸め込めるなんて、思っていない。ただ、言わずに済むものなら避けて通りたかっただけで。

「その女……マジ、ムカつく」

眦を吊り上げたままボソリと漏らす口調には、含むモノ大ありだった。

そのとき。

不意に、電話が鳴った。

非通知ではないその番号は、真向かいの森川《もりかわ》家のものだった。

（森川さん？　なんだろ）

訝しげに首をひねりながら受話器を取る。

「もしもし？」

『あ……尚くん？　森川ですけど』

「はい」

『大丈夫？　さっき……なんかモメてたみたいだけど』

（うわ……マズイ。やっぱ、バレバレだって）

もしかしなくても近所にまで筒抜けだったのかと思うと、尚人は焦る。

「あ……ハイ。大丈夫です。心配かけて、ごめんなさい」

ことさら明るく、尚人は返事をする。

これ以上、突っ込まれたくない。それに尽きる。

『そぉ?』

森川の妻は思いっきり疑わしそうに言い。そして、わずかに声を落とした。

『でもね、尚くん。お家《ウチ》の前、さっきから女の子が座り込んだままよ?』

「――え?」

思ってもみないことを言われ、尚人は軽く目を瞠る。

(それって、もしかして……)

『なんかね。様子が変なの。もし、あれだったら、おばさんが見てこようか?』

父親絡みのことがあってから――というより、篠宮家のスキャンダル報道が全国ネットで垂れ流しになってからマスコミ関係者が大挙して押しかけ、近所もそれなりの被害を被っていると言っても過言ではない。

住人は古くからの顔見知りばかりで、おざなりではない、言ってみれば『遠くの身内よりも近くの他人』的な繋がりは深い。母親が亡くなってからは、気分的には篠宮家兄弟の保護者代わりを自認しているせいか、あることないことを無責任に垂れ流すマスコミに対してはガードが堅い。同様に、見慣れない不審者に対してはけっこう神経質になっている。

「いえ。俺が見てきます」

それだけ口にして、電話を切る。

「誰？」

「森川のおばさん」

「おばちゃんが、何？」

「ン。ちょっと、見てくる」

何を？　――とは言わず。尚人は足早に玄関に向かう。

「ナオちゃんッ」

尚人が慌てて外に出ると。森川の妻が真向かいの玄関口で心配そうに見ていた。そして、尚人を促すようにガレージの方を指差した。

案の定というか。そこには、瑞希が蹲《うずくま》っていた。

（なんで？）

とっくに帰ったとばかり思っていた。

（何、やってんだよ？）

収まりかけた不快さが、またぞろ込み上げてくる。

――と。

尚人の背後から、いきなり裕太が飛び出していった。

（……ウソ）

まさか。

(マジで……?)

そんなことが?

「ゆぅ……たッ」

あまりの驚きに、尚人の声が完全に裏返る。

慌てて、尚人が裕太の後を追う。

「おい。おまえッ。人ン家《チ》の前で、何やってんだよッ!」

炎天下の午後。

うだる暑さに道行く人影もない閑静な住宅街。

瑞希の前に仁王立ちになった裕太の怒鳴り声が、近所中に響き渡った。

§§§§　§§§§　§§§§　§§§§

移動中のタクシーの中、千里は焦っていた。

仕事中に携帯が鳴って。てっきり慶輔か瑞希だと思って急いで取り出したら、見覚えのないナンバーだった。

——誰？

——何？

——どこから？

コール音は、しつこかった。

恐る恐る警戒心丸出しで電話に出ると、救急病院からだった。

瑞希が救急車で病院に搬送されたのだという。瑞希が持っていた携帯電話から千里のナンバーを知り、かけてきた——ということだった。

その瞬間。

もしかして、瑞希が自殺でも図ったのではないかと、思わず絶句し。一瞬、目の前が真っ暗になった。

けれども。それはただの妄想で、瑞希は熱中症で倒れて病院に搬送されたのだと知り、千里は心底ホッとした。

気が緩んだあまり、つい、泣けてきた。もう涙は出ないと思っていたのに、視界が熱く潤んで疼いた。

今の部署が仕事らしい仕事もない閑職——人材の墓場であることを、今日ほどラッキーに思えたことはない。部屋を飛び出していく千里を見咎《みとが》める者など、誰一人いなかった。

連絡のあった病院に着き、釣り銭を受け取るのももどかしげにタクシーを降りる。

「あの、すみません。真山瑞希が救急でこちらに搬送されたと連絡をいただいたんですが」

半ば駆け足ぎみに救急外来の受付で名乗ると、すぐに処置室に案内された。

久しぶりに見る瑞希の顔は、すっかりやつれて面変わりをしていた。そのせいか、千里はベッドに寝かされて点滴中の少女がすぐには瑞希だとわからなかった。

その事実に千里は愕然《がくぜん》とし、絶句した。

担当医は、熱中症の症状自体は大したことはない――と前置きした上で、それよりも痩せ細った衰弱ぶりの方が心配なので、このまま心療内科を受診してみてはどうかと打診された。

「よろしくお願いします」

むろん、千里に否はなかった。

(どうして、こんなことに……)

それを思うと、涙が溢《あふ》れて止まらなかった。

こんなことになった責任は、当然、千里にある。痩せ細った瑞希の手をそっと握りしめ、千里は、

「ゴメンね。瑞希……ゴメンね」

繰り返し呟《つぶや》いた。

そうやってしばらく瑞希の寝顔を見つめていた千里は、ふと、気付いた。

（いったい、誰が救急車を呼んでくれたのかしら）

たかが、熱中症……などとバカにできない。この炎天下だ。もし、万が一発見が遅れれば、命に関わる重症になったかもしれない。

そのことを看護士に聞くと、通報した人は別室で治療中だと言われた。

「治療中……ですか？」

「失神しかけた妹さんを助けようとして、怪我《けが》をされたんです。彼がいなければ、妹さんは打ち所が悪くて大変なことになっていたかもしれません」

そう言われて、千里は今更のように恐縮した。

§§§§　§§§§　§§§§　§§§§

救急外来の一室で。

「ナオちゃん、ホント、鈍くさい」

裕太に真顔で詰《なじ》られ、尚人はヒリヒリと疼く左腕を見やって顔をしかめた。

「だから、思った以上に重かったんだって」

あのとき。

仁王立ちの裕太に怒鳴りつけられ、顔面蒼白のままヨロヨロと立ち上がった瑞希は、まるでいきなりスイッチが切れたように失神した。

——ヤバイッ。

そう思ったときには、もう、手が出ていた。

理屈ではない。

ただの条件反射だ。

瑞希のことが嫌いでも、ムカついていても、怪我をするかもしれないと思った——瞬間。尚人の中で、その手の悪感情は綺麗にリセットされてしまった。

ただ……。ぐったりと正体をなくした身体は痩せ細った見かけ以上にズッシリと重かった。

(——えッ?)

そのギャップに、思わず目を瞠った。

——瞬間。

情けなくも、尚人は瑞希を腕に抱き止めたまま腰砕けになってしまった。

そして。見事に、バッタリ転がった。

そのとき左半身を強打し、地面で左腕をザックリ擦《こす》ってしまった。

いや。擦ってしまったのは腕だけではなく、足もだ。ただ足はズボン越しだったので、剝き出しの腕よりはマシ……だったのだが。おかげで、夏制服のズボンはところどころ血が滲んで擦《す》り切れてしまった。

その上。治療するには邪魔だということで、尚人が何を口にする間もなく、看護士が遠慮もなくハサミでザクザク切ってしまって。もはや、使い物にならない。

そんなこんなで、裕太にまで『鈍くさい』と言われてしまっては、別に瑞希の窮地を救う騎士《ナイト》を気取るわけではないが、男として、尚人の立場はビミョーだった。

とにかく、重かった。

それ以上に――痛かった。

一部始終を見ていた森川の妻が慌てて119番して大騒ぎになったことを思えば、ある意味――醜態だったかもしれない。

「あんな奴、ホッときゃよかったんだよ」

嫌悪感も露《あら》わに、ボソリと裕太が吐き捨てる。

失神したままの瑞希と一緒に救急車に乗せられた尚人のベッタリと血の滲んだ左腕を見て、裕太こそ、その場で貧血を起こしそうになった。

(あんなのは……イヤだ)

心底、そう思う。

(心臓に悪いだろ)

父親をバットで殴って骨折させたときには、ただの憤激しかなかった。脂汗を垂れ流して呻《うめ》く父親の姿を目にしても、罪悪感の欠片も覚えなかった。

だが。尚人が瑞希を抱えたまま道路に転がったときには、マジで肝が冷えた。

あのとき、もしも打ち所が悪かったら……。それを思うと、今でも頭の芯《しん》がヒヤリと冷たくなる。むろん。それは、このことを雅紀が知ったら——という二重の意味でだが。

自分たち家族をメチャクチャにした女の——妹。

もしかしたら、幼馴染みのヤンキーをけしかけて尚人を襲わせたかもしれない——女。

そんな奴のために尚人が傷つくのは嫌だ。絶対に、我慢できない。

——なんで？

——どうして？

あんな女のために、自分までこんな胸を掻きむしられる思いをしなければならないのか。それを思うと、ギリギリと奥歯が軋る裕太だった。

「あいつのせいでナオちゃんが怪我するのって、おかしいだろ」

「……ゴメン」

裕太が何をキリキリと怒っているのかは、尚人にも丸わかり。

なので、とりあえず謝る。心配かけて、ゴメン——と。

クドクド言い訳をすると、ますます裕太の機嫌が下降するのはわかりきっていたので。それに、尚人としても、これは想定外のアクシデントだった。

（まーちゃんに、怒られちゃうかなぁ。やっぱり）

なにしろ、瑞希絡みの事情が事情だけに。尚人としては、そっちの方が怖い。

――と。

そのとき。

「あの……すみません」

背後から、ためらいがちに声をかけられて。尚人と裕太が揃《そろ》って振り向いた先に、見知らぬ女がいた。

（……誰？）

しかし。

「真山千里と申します。妹が、大変お世話になったそうで……。本当にありがとうございました」

それを口にして深々と頭を下げた。

――とたん。

二人の顔は瞬時に強ばりついた。いや……色を失って、蒼ざめた。

勝木《かつき》署では、真山千里《父親の不倫相手》とはドア越しのニアミスだった。冷たく雅紀にあしらわれて号泣する声は聞こえても、顔は見えなかった。

——見たくもなかった。

その千里とこんなところで、こんなふうに、思いがけず顔を突き合わせることになって。尚人も裕太も、束の間——絶句した。

「怪我の治療代は、私の方で負担させていただきますので。本当にお世話になりました。すみませんが、お名前、伺ってもよろしいですか？　ご両親には、後日、改めてご挨拶《あいさつ》に伺いたいと思っていますので」

臆面《おくめん》もなくヌケヌケとそれを口にする千里は、目の前の二人が篠宮家の次男と末弟だとは気付いてもいない。

そんな千里の口から『両親』という言葉が出たとき、尚人は、神経を逆撫でされたような気分になった。

（……どうする？）

瞬間、それを思って。尚人は唇を引き絞る。

千里を前にして、ささくれた気持ちがグラグラと煮立ってきそうだったが。ここは病院だ。尚人としては、あまり事を荒立てたくはなかった。

しかし。尚人がそれを思うより先に、

「ふーん。あんたが、クソ親父の不倫相手？　あいつがおれたちをポイ捨てにするくらいだから、どんだけぇ……とか思ってたけど。なーんだ、大したことねーじゃん。よく見りゃ、ただのオバサンだし」

　裕太がトリガーを引いてしまった。

　――刹那《せつな》。

　千里の表情も激変する。

　双眸は愕然と見開かれ、顔色を喪い、その唇はわなわなと引き攣れた。

「おれがクソ親父の腕をへし折った三男だよ、オバサン」

　午前中の診療がすべて終わってあらかた患者がいなくなった病院内とはいえ、二十四時間営業も同然の救急外来にまったく人がいないわけではない。

「――裕太」

　尚人が裕太の腕を掴んで制止する間もなく、

「ナオちゃんの治療費、あんたが出すわけ？　だったらさ、ついでに、おれたちが味わったドン底時代の慰謝料と、おれたちがもらうべきなのにいまだに不払いになってる養育費に利子付けて、一緒に払えよ、オバサン。あー、それと、あんたの妹がナオちゃんにかけまくった大迷惑料も込みで、きっちりとな」

　裕太は怨嗟の毒を込めてブチ撒ける。

　金の問題ではない。

　抑えがたい憤激が止まらないだけ。

出会ってしまったら。その顔を見てしまったら——止まらない。裕太にしてみれば、積もり積もったモノを吐き出さずにはいられなかった。

「つーか、あんたの妹、何様なわけ？　ヤンキーにナオちゃんを襲わせただけじゃ足りねーのかよ。くっだらねーことで、ナオちゃんにしつこくまとわりつくんじゃねー。目障りなんだよ。ウザイんだよ。おれたちの視界に二度と入ってこないように、ちゃんとヒモで繋いどけッ」

思うさま双眸を見開き。何の弁解もできず。ただ唇を引き攣らせたまま、千里はその場で立ち竦んだ。

§§§　§§§　§§§　§§§

雅紀がそのメールに気付いたのは、メンズとジュエリーのコラボ企画の第二弾で着るステージ衣装の最終チェックが終わった午後七時過ぎだった。

ステージ・モデルは煌《きら》びやかな衣装を着てフラッシュの炸裂《さくれつ》する花道を闊歩《かっぽ》し、格好良くポーズを決めるだけの美味《おい》しい職業。

——などと、一般人は思っているかもしれないが。湖面を優雅に泳ぐ白鳥が水面下で必死に

足をバタつかせているのと同じで、煌びやかな衣装を着てフラッシュを浴びるまでには、それなりの苦行を強いられるのは業界の常識である。

特に。メインを張る雅紀はそれぞれの衣装の色合わせ、布合わせ、デザイン調整、サイズの補正……ｅｔｃ……ｅｔｃ……。それこそ、下着一枚で何時間も拘束されることなどさして珍しいことではない。

まして。本番ともなれば、バックステージは時間との戦争である。どこを、何をモロ出しにしても動じない、小突かれても引っかかれても、じっと我慢。プロ意識に忍耐は不可欠だが、羞恥心《しゅうち》とは無縁であることが絶対条件のようなものである。

（ナオか？）

雅紀が打ったメールの返信ではなく、尚人から……というのは珍しい。

メールなら電話と違って時間に関係なく、もっと密に気楽に連絡することができる。そう言っているのに、相変わらず尚人は、雅紀が仕事モードに入ったら気兼ねしてメールを寄越すのさえためらう。

雅紀的にはそれもなんだか淋しい気がするのだが、尚人には尚人の譲れないこだわりがあるらしい。なので、その代わり、雅紀は時間さえあればこまめにメールすることにしている。そうすれば、尚人は必ず返信を寄越すので。

メールを開いてみると。時間が空いたら電話をしてくれ——という、なんだか色気も素っ気もない内容だった。

（着信は、十五時五十四分か……）

ずいぶんと時間が空いてしまった。

（なんか、あったかな？）

こういうときは期待のドキドキ感よりも、わずかに不安が勝る。何かにつけ、たとえそれが心配事であっても、尚人はギリギリにならないと連絡しない。それを知っているからだ。

家の電話のコール音は三回目で切れた。

『もしもし？　雅紀兄さん？』

「メール、今見た」

『今は、話しても大丈夫？』

「あー。どうした？」

『ウン。実は、今日ね。ちょっと……』

なにげに言いにくそうに口ごもる尚人の背後から、

『ナオちゃん。何、タラタラやってんだよ。どうせ雅紀にーちゃんにバレるのは時間の問題なんだから、さっさと白状しろよ』

裕太の声がした。

（俺にバレるのは、時間の問題？）

それは、どういう意味なのか。

『わかってるって。うるさいよ、裕太』

『なんなら、おれが代わりに言ってやろうか？』

『いいってば』

『なら、サクサクやれよ。雅紀にーちゃんだってヒマ持て余してるわけじゃねーんだから』

『だから、わかってるって』

二人が掛け合い漫才のようにモメるだけモメて。それは、尚人と裕太のぎくしゃくした距離感がなくなってきたことの証《あかし》でもあるように思えて、ある意味、微笑《ほほえ》ましい光景であることには違いなかったが。今の今、雅紀としては『バレるのも時間の問題』の方が気になった。

『ゴメン、雅紀兄さん』

「——で？　何？」

『ウン。今日の昼にね、真山瑞希が来た』

尚人が口にしたフルネームに一瞬、驚き。

「妹が？」

『……そう』

次いで、訝しむ。

いや。モロに眉間《みけん》に縦皺《たてじわ》が入った。

「なんで？」

なんで、真山瑞希？

どうして、篠宮の家に？

ウソだろ？

マジでか？

冗談じゃねーぞ。

あとから、あとから、悪感情が込み上げてループする。

『それを最初から話すと、長くなりそう』

「――わかった」

とりあえず、気持ちをリセットして。

「じゃあ、そっちは帰ってからじっくり聞くから。必要最小限のことだけ話せ」

努めて平静を装う。

『えー…と、ね。だから、妹が家の前で俺を待ち伏せて、ちょっとモメて。それで興奮した妹が熱中症になってブッ倒れたときに俺もトバッチリくって、ビックリ仰天した森川さん家《ち》のおばさんが救急車を呼んじゃって、二人して病院行きになって。そしたら、そこにバッドタイミングで真山千里がやってきて、裕太がドッカン大爆発しちゃった――てことなんだけど』

「…………」

なにやら、聞いているだけで頭痛がしてくる雅紀であった。

最小限度に端折《はしょ》ってそれなら、本当のところはじっくり腰を据えて話を聞かなければ雅紀としてもとうてい収まりそうにない。真山姉妹のことも含め、たぶん、ツッコミどころは満載に違いない。

「おまえの、そのトバッチリっていうのはなんだ?」

『左腕と足、擦り剝いちゃって……。そんな、大したことないんだけど』

大いに、アヤシイ。

「ホント、だな?」

思わず、念を押しまくらずにはいられない。

『ウン。明日の課外には支障ないから』

そこだけは、妙にキッパリと言いきる尚人であった。

それだけ確認できれば、とりあえず、雅紀的には一安心だ。

「わかった。明日の夜には……たぶん、九時過ぎには帰れると思うから。話はじっくり、そのときに聞く」

『……ウン』

「じゃあ、な」

『ハイ。おやすみなさい』

携帯をオフにして、深々とため息をつく。

すると。

「どデカイため息だな」

いつから、そこにいたのか。加々美《かがみ》が口の端で笑った。

今回、加々美はいつもの大型犬《タカアキ》ではなく、ホッソリした美猫《ショー》の付き添いである。立ち位置的に絡む相手が無駄に吠《ほ》える駄犬ではなく万事ソツのない猫だと、雅紀も苛々しなくて済むから楽だ。

「トラブルか？」

このところ、あれやこれやですっかり定着しつつある『スキャンダル・キング』な雅紀に、そんな明《あ》け透《す》けなツッコミを入れることができる豪傑は加々美くらいなものである。

「いえ。今のところは、まだ」

若干の含みを持たせて口にすると。

「——弟絡み？」

打てば響くように、返す。

「まぁ、そんなとこです」

加々美相手に今更隠すようなことでもないので、雅紀は否定しない。

「緊急保護者会だのなんだの……おまえの日常も別口で、相変わらずタイトでヘビーでハードだな」

「俺にとっては、別口の方がリアルな現実ですから」

「そう、くるか」

「そちらはもう、上がりですか?」

「おぅ。時間あるなら、メシでもどうかと思って誘いに来た」

「よけいなオマケがなければ、俺的にはいつでもＯＫです」

ただの社交辞令ではなく。加々美が相手ならば、都合があってもキャンセルしてもいいほどに。

手早く荷物を片付けて、ジャケットを摑む。

「そう、邪険にするなよ。タカアキのあれは、まぁ、言ってみればロックオンする前のマーキング付けみたいなモンだ」

「イヤですよ。たとえ冗談でも、あんな可愛げのない駄犬にマーキングされるなんて」

本音である。

すると。加々美はプッと噴いた。

「なんですか?」

「いや……。駆け出しのおまえはタカアキよりももっと可愛げのない肉食獣だったよなぁ……とか思って」

（……肉食獣？）

どこらへんが？

可愛げがないのはとうに自覚済みだったが、まさか、そんなふうに思われていたとは知らなかった。

「それって……なにげに暴言じゃないですか？」

雅紀がしんなり眉をひそめると。

「いやぁ、最近のおまえはいい意味でギラギラ感が出てきて、本業じゃないオファーが殺到するのも当然って感じ」

それは、モデルとして転換期を迎えた男たちが次へのステップを模索するために辿《たど》る道筋とも言える。

加々美ではない他人に言われれば、不快なだけだが。受ける・受けないの選択肢があるだけ恵まれているということに代わりはない。

加々美と肩を並べて控え室を出て行くと、二人が出てくるのを待っていたらしい美猫がきっちりと腰を折った。

「お疲れ様でした」

「おう。おまえも、道草しないでとっとと帰れよ？」

それで、加々美の仕事も済んだということだろう。

地下駐車場で、加々美の愛車に便乗する。

「例の、『ミズガルズ』のPVの第二弾のオファーも来てるんだろ？」

「まぁ、一応」

オフレコなはずの話も、『ミズガルズ』のマネージャーが『アズラエル』の高倉《たかくら》の後輩だと思えば、加々美が知っていても別に不思議ではない。

「エロ怖い次はなんだろうって、俺としても興味津々《しんしん》？」

「まだ受けるかどうかもわからないのに、何言ってるんですか」

「おまえがNGなら、高倉としてはタカアキを突っ込みたがってるようだけど？」

「無理じゃないですか？」

「なんで？」

「空気が読めない奴はお呼びじゃないですよ、きっと」

「言い方がキッツイよな。おまえは」

「『ミズガルズ』のボーカルの方が俺のはるか上を行きますけど？　どっちにしろ、水と油じゃないですか？」

「まぁ、出る釘《くぎ》は打たれてナンボ……だからな」

「打たれすぎて、顔まで変形しなきゃいいですけど」

そんな軽口を叩きながら、加々美が常連の和食店『真砂《まさご》』に着く。

といっても、入り組んだ路地裏には、何の看板も出ていない。一見の客など相手にしていません——的な店構えである。

ボックス席が四台にカウンター席が七席。黒を基調にしたシックで落ち着きのある雰囲気は、和食というよりダイニング・バーのそれだ。しかも、いつ来ても満席である。

すでに予約を入れてあったのか、すぐに、こぢんまりした個室に通された。相変わらず、加々美のやることには無駄がない。

まずは、ビールで乾杯をして喉を潤すと。加々美は、

「それでな、雅紀。ちょっと、おまえの耳に入れておきたいことがある」

いきなり、切り出した。

「改まって、なんですか？」

「おまえ——親父さんが告白本を出すみたいな話は聞いてるか？」

「え……？」

「聞いてなさそうだな」

「や……いろいろ、噂だけはあって」

「ネットで？」

雅紀は頷く。

笑い飛ばす価値もないモノから、その話の出所は絶対に関係者だろう……的なモノまで。そ

れを『あー』でもない『こー』でもないと、かまびすしい。皆、よほどヒマを持て余しているらしい。

「ハッキリ言って、あの男に文才はないですから。出るとしたら、ゴーストライター本でしょうけど」

「俺が聞いた話じゃ、かなり赤裸々な暴露《ばくろ》本らしい」

さりげなく、加々美が断言する。

「……そうですか」

顔の広い加々美がそこまで言うのだから、本決まりなのだろう。

「今更ビックリもしないってか？」

「借金まみれで首が回らない状態ですから。条件を選んでる余裕もクソもないんじゃないですか？　それで、どこの誰――っていうか、ターゲットは間違いなく俺でしょうが、クソミソに扱き下ろしてナンボって感じですかね」

「そりゃ、おまえ。しっかり、くっきり『視界のゴミ』呼ばわりしちまったからだろ」

「あーでも言わなきゃ、収まりがつきませんから。いっそ、清々しましたよ」

土壇場の開き直り――ではなく、だ。

「親父さんも、金と引き替えに無くすものがあるってことが見えてないのかもしれんな」

しみじみと、加々美が漏らす。

狂った歯車は止まらない。

落ちるところまで堕《お》ちて、その先に何があるのか。それは、墜ちてみないとわからない。

「あの男の話なんか、もういいですよ。せっかくのメシが不味《まず》くなりますから」

雅紀には、すでにその自覚も覚悟もあるが。果たして、慶輔《父親》はどうなのか。それを思いやって痛む胸はすでにない雅紀であった。

《＊＊＊絆《きずな》＊＊＊》

その日の朝。

始業チャイムが鳴るギリギリで尚人《なおと》が教室に滑り込むと、ざわついたクラスが一瞬シンと静まり返った。

（わ……久々に、朝っぱらから大注目）

一人ツッコミを入れながら、ぎくしゃくと自席まで歩いていく。そのたびに、

（い……たたたた…………）

左半身がズキズキと疼《うず》いた。

昨日はそんなでもなかったが、一夜明けると、左半身がスゴイことになっていた。足も、腰も、肩も、擦《す》り傷とは別口で内出血の青斑《あおまだら》……。

クローゼットの内扉には姿見用の鏡があって、普段の尚人はそんなモノは一度も使ったことがなかったが。今朝はじっくり、マジマジと鏡に映った自分を凝視してしまった。

（なんか……スゴイことになってるんだけど）

思わず、深々とため息まじりでそれを思わずにはいられないほどに。

（顔じゃなくて、ホント、よかったぁ）

これで顔まで青斑だったら、また新たな事件勃発か？　――などと変に勘ぐられるに決まっている。

それは、避けたい。

実際、昨日は大変な一日であったことには違いなかったが……。野上《のがみ》事件が決着したばかりの今、できれば、尚人的にはさっくりスルーしてしまいたい気分だった。

――しかし。

どうやら、それも無駄な高望み……かもしれない。静まり返った教室の、

『なんだ？』

『どうした？』

『いったい、何事？』

――的な、クラスメートの沈黙が痛い。

そんな、こんなで。ただの打ち身といえども、侮《あなど》れない。

チクチク。

……ジクジク。

ズキン、ズキン、ズキン………。

まるで、痛みの不協和音だ。左半身がどんよりと重い。

そのせいで、今朝は自転車を漕《こ》ぐのも一苦労だった。

まったく力が入らないわけではないが、右と左のバランスが悪すぎて、どうにもスムーズに漕げない。

これでコケたら、最悪。

それがわかりきっているので、いつもよりずっと慎重になって。普段より二十分も早く家を出たのに、学校に着いたのはギリギリ。

朝イチから、すごく疲れた。腕も、肩も、背中もバリバリ……。

とりあえず。誰にも突っ込まれる時間の余裕もなく、チャイムが高らかに鳴った。

そして。

一時間目が終わった。

――とたん。

案の定というか、桜坂《おうさか》がのっしりと歩み寄ってきた。

「どうしたんだ、それ?」

それとは、もちろん左手首から肘《ひじ》にかけてグルグル巻きの包帯のことだろう。しかも、歩き方までぎくしゃくしているし。

休憩時間特有のざわめきは……ない。

皆、桜坂の言葉に聞き耳を立てている。

昨日、家に帰ってから、いったい何があったのか。ただの野次馬《やじうま》根性だけではなく、皆、その理由が知りたい。

なぜなら。尚人がトラブると、雅紀《まさき》というバックボーンも含め、その影響力が半端ではないからだ。皆、傍観者気取りではいられない。

だが。ごく普通の会話は別にして、尚人絡みのトラブルでは誰も自分からは突っ込めない。

周知の事実と、公然の秘密。

尚人の場合。背負っているモノのレベルが自分たちとは違いすぎて、どこらへんに地雷が転がっているのかわからないからだ。うっかり知らずに踏みつけて、爆死するのだけは……避けたい。

それをさっくりスルーできるツワモノは桜坂・中野《なかの》・山下《やました》の番犬トリオくらいなものだというのが、二学年の一致した意見でもある。

桜坂も、そこらへんのことを充分理解した上での『どうしたんだ?』発言である。

達観と鈍感は違う。中野をして、

『気配りの達人』

そんなふうに言わせる尚人は、周囲の機微には敏感だ。

「昨日、家の近くでズッコけちゃって」

ごく自然体で口を開いた。

「自転車で？」

「……じゃなくて。近所の子が熱中症でブッ倒れかけて、それでヤバイと思って助けようとしたら、一緒に転がった……みたいな？」

まるっきりの作り話ではないから、尚人の口も滑らかだ。

「――マジ？」

口調よりも、桜坂の目は思いっきり疑わしそうだ。

「気分は一応、お姫様の窮地を救うヒーロー……だったんだけどね」

尚人が苦笑いを漏《も》らすと、クラスが少しだけざわめいた。尚人＝ヒーローという図式があまりにも違和感ありありで。

――ヒーロー？

――似合わねェ……。

口には出さないだけで、そう思った者は多かろう。

変な話。どちらかといえば、尚人の場合は番犬トリオに見守られているヒロイン的な要素がありすぎて。

「それって……女だったんだ？」

「女の子だからって、別に張り切っていいとこを見せようとしたわけじゃないよ？」

尚人がことさらにそれを強調すると、クスクスと忍び笑いが漏れた。

張り詰めていたクラスの緊張感が、ほんの少しだけ緩む。それを肌で感じて、尚人もなにげにホッとした。

尚人にとって、本来、学校はストレスとは無縁の避難所だった。それが一連の事件をきっかけに、その比重がすっかり逆転してしまった。

雅紀との関係がより濃密になり、裕太《ゆうた》との距離感が徐々に薄れ、尚人の中にあった『家』と『学校』という明確な線引き——隔絶感が曖昧《あいまい》になってきたとでも言えばいいのか。

それがいいのか、悪いのか。尚人としては少しだけビミョーだったが。

「助けようとして一緒に転がって怪我《けが》しちゃ、笑えないっていうか」

要するに、それに尽きる。ヒーロー体質とは無縁というより、自分の体力のなさを痛感してしまった。

「裕太にまで、鈍くさいって言われちゃったよ」

「そりゃ……ヒデーな」

桜坂が漏らした微妙な間が、引っかかる。プッと噴き出したいのを無理に呑《の》み込んで我慢しました——と言わんばかりで。

だから、つい。

「予想外に重かったんだよ」

口が滑った。

「……は？」

「女の子って、ホッソリしてるように見えて、けっこう重いんだよね」

するとと。

「あー、篠宮《しのみや》君、ヒドォイ」

「それって、なにげに暴言」

「そうだよ」

女子たちの笑いを含んだブーイングが巻き起こった。

「や……だから、そうじゃなくて。俺が言いたかったのは、失神してグッタリすると思ってた以上に重かったたってことで。別に、俺がヘナチョコだったわけじゃないっていうか」

慌てて弁解して、掘らなくてもいい墓穴を掘る。

とたんに、誰かがプッと噴き。釣られて、忍び笑いがあちこちで漏れた。

「ヘナチョコって、言われたわけ？」

桜坂のトーンにも、それと知れる笑みが張りつく。

「んー……もっと肉を食え——みたいな？」

それは、手当てをしてくれた医師のジョークだったのかもしれないが。尚人的には、体力なさすぎ……と言われたようで。

人助けするにも、それに見合う体力がいる。過信するほどの体力自慢ではない尚人としては、どうにも耳の痛い台詞《せりふ》だったことに変わりはない。

「まっ、いいんじゃねー？　篠宮、見かけはヘナチョコでも中身が大物だから」

「桜坂……。それって、絶対に褒《ほ》めてないだろ？」

尚人があからさまにガックリ肩を落とすと、まるで、きっちりタイミングを計ったかのように二時間目のチャイムが鳴った。

自席に戻り、桜坂はひとつ大きく息を吐く。

(――よかった)

桜坂が教室にやってきたとき、いつもは余裕で先に来ている尚人がいなかった。

――珍しいな。

そう思っていたら、ギリギリでやってきた。しかも、包帯姿で。

思わず、ギョッとした。ただ驚いたのではなく、だ。

しかも、微妙に歩き方までおかしい。

――なんだ？

桜坂だけではなく、クラス中が目を瞠《みは》ったのは言うまでもないことである。

例の暴行事件からこっち、クラスメートの尚人を見る目は過敏だ。

なにしろ。ただでさえ細かったのが、例の事件で肉付きがごっそり失せてしまったのだ。それはもう、痛々しいほどに。

そのせいか、クラスメートの目にはしっかり保護欲のフィルターがかかっている。桜坂の思い違いでなければ、男子だけではなく、おそらく女子の目にも。

桜坂が野上に刺されても痛々しい悲壮感はないが、尚人の包帯姿はそれだけで目に痛い。イメージの刷り込みとは、そういうものだろう。

その尚人が怪我をしたとなれば、皆の関心が一気に跳ね上がるのは当然のことである。

それが何かの事件に巻き込まれたとかではなく、ただのアクシデントだとわかって、皆あからさまにホッとした。

(もっと肉を食え……か)

誰が言ったのかは知らないが、言いたいことはわかる。

たらふく肉を食っても、それが尚人の肉付きに直結しないだろうということも。

とにかく——よかった。

理由がわかれば、一安心。

それを思って、桜坂は数学の教科書を開いた。

§§§§§　§§§§§　§§§§§　§§§§§

因果応報。

仕事を終えて、三日ぶりに家に戻ってきた雅紀が尚人から真山《まやま》姉妹絡みの一件を聞かされたとき、頭に浮かんだのはそれだ。

人を不幸にして手に入れた幸せなど、所詮《しょせん》、摑《つか》めそうで摑めない蜃気楼《しんきろう》と同じだ。

慶輔《けいすけ》と千里《ちさと》の不倫関係がいつ始まったのかは知らないが、妹を含めた嘘《うそ》臭いだけの家族ごっこを五年も続けていれば、それが崩れ去ったときの衝動と喪失感も半端ではないだろう。

今となっては、

『ざまーみやがれッ！』

などと、吐き捨てるほどの価値もないが。

人を貶《おとし》めて不当に奪い取ったモノは、いずれ必ず奪い返される。人生の方程式に間違いがないことがきっちり証明されたことは、雅紀的には喜ばしいことだった。

しかし。

まさか。

「でも、俺。まさか初対面で、いきなり、あいつらの結婚に反対してゴネまくってるお子様呼ばわりされるとは思わなかった」

尚人と瑞希《みずき》が、そんな出会い方をしているとは予想もできなかった。

「お子様……なぁ」

お子様——という定義が何を、誰を指すのかは知らないが。少なくとも、自分たち兄弟は強制的に『お子様』を卒業させられたのは間違いない。

だから、だろうか。

雅紀は基本的に、いつまでたっても自立できないガキと、自己主張することが個性だと思い込んでいるバカと、他人の顔色を窺《うかが》うことしか能のないクソが嫌いだ。

「あいつらには幸せになる権利がある——とか言われて、頭ハジケちゃったよ」

雅紀の口から、思わず乾いた笑いが漏れる。それこそ、何様のつもり……だろう。

「なんか、もう、わけわかんない因縁吹っかけられてマジでブチギレたっていうか……」

滅多に声を荒げることのない尚人が『ブチギレ』だと言うくらいだから、瑞希は、よほどの暴言を吐きまくりだったに違いない。

いや。暴言というよりは、無知ゆえの凶言《きょうげん》だったりするのかもしれない。当然、そのツケは倍返しだが。

それで、ふと思い出す。いつか、慶輔が、

『何の関係もない瑞希によけいなことを吹き込んだのは、おまえだろッ？　いくら私たちが憎いからって、卑劣なマネはするなッ！』

八つ当たりの暴言を吐いたことを。

あのときは、わけのわからない寝言は寝て言えッ！　――と、胸クソ悪くなっただけだが。

（そうか……。妹をブッた切りにしたのは、ナオか？）

ようやく、納得がいった。

同時に、今更のように腹が煮えた。

自分たちにとって都合の悪いことをすべて雅紀たちに責任転嫁して、のうのうと幸せごっこを楽しんでいたらしい生活ぶりが垣間見《かいまみ》えて。

「俺……。あいつが不倫相手の妹にまでしこたま貢いでいたなんて――知らなかった」

雅紀も、だ。

千里に『瑞希』という名前の妹がいることも、慶輔が勘違いの激昂《げっこう》で漏らしたときに初めて知ったくらいだ。

その瑞希が尚人と同い歳《どし》で、小金持ちのステイタス・シンボル……などと皮肉られている紫《ゆかり》女学院の生徒だと知ったのも、例の暴行犯との関係がマスコミで取り沙汰《ざた》されるようになってからだった。

自分たち兄弟には一円の生活費も養育費も寄越さない慶輔が、その分をすべて瑞希《赤の他人》に貢いでいたのかと思ったら、憤激のあまり頭の血管がブチ切れそうになった。

なんで、そこまで？

我が子に対して、どうして、そんなにまで非道になれるのか？

それを瑞希の口から直接聞かされたらしい尚人のショックがどれほど激しかったか……察するに余りある。

マジギレ——ではなく、ブチギレ。

その差が、まんま怒りのボルテージだったに違いない。

本当に。真山姉妹は、人の神経を逆撫《さかな》でにすることに関しては天才的な才能がある——らしい。そんな極悪な女に嵌《はま》るくらいだから、慶輔も似たり寄ったりなのだろう。

慶輔との間にあるのは修復不可能な亀裂ではない。価値観の不一致でもない。二度と交わらない点と線だ。

だから。今更感情を揺らす価値もない視界のゴミ——として切り捨てることにしたのだ。

自分たち兄弟の日常を食い荒らす、慶輔と真山姉妹という悪性貪食《どんしょく》細胞を抹消してしまいたい。それが、雅紀の偽らざる本音だった。

「今更、だけど。あいつ……俺たちのことがよっぽど嫌いだったんだなって思った」

淡々と語る口調に、それと知れるほど苦いモノが籠《こ》もる。

「いつから、だったのかな。家を出て行くまではフツーだったよね？　でも、それも、うわべだけで内心は違ってたってこと？　もし、そうだったら、裕太……ものすごくショックだろうなって」

そのとき。

ふと。雅紀は、加々美《かがみ》が言っていた告白本のことを思い出した。

（これはちょっと……マズイかもな）

慶輔が今更何を赤裸々にブチ撒《ま》けても、雅紀的にはまったく痛くも痒《かゆ》くもないが。見かけはどうでも、雅紀ほど徹底して達観できていないだろう弟たちには、もしかして酷だったりするかもしれない。

今までは、父親が不倫して家族崩壊になった——という事実を別にすれば、世間が興味本位で垂れ流しにする噂《うわさ》はすべて根拠のない憶測にすぎなかった。

どれだけ派手にスキャンダラスに世間を騒がせようと、それはマスコミに踊らされた野次馬が好き勝手に盛り上がっているだけで、自分たちの真実とは違う。

しかし。父親が『篠宮慶輔』の署名入りで告白本を出すとなれば、話は別だ。

たとえ、そこに書かれてあることが独善的な自己主張であっても、雅紀たちには受け入れ難い暴言であっても、それは父親が語る篠宮家の『真実』になる。活字の重みというのは、そういうことだ。

慶輔が自分たちをゴミのようにポイ捨てにした理由など、今更知りたくもない。雅紀はそう思っているが、弟たちの本音はどうなのか？

当時。篠宮の家では、父親のことは禁句だった。

誰が命じたわけでもないのに、それが暗黙の了解になった。

一番のショックを被っている母親のことを気遣って……というのが最大の理由といえば、理由だが。自分たちが理不尽にポイ捨てにされた事実が重すぎて、触れたくなかった。それを口にすれば、際限なくドツボに嵌ってしまうのが怖かったのかもしれない。

けれども。裕太だけが違った。

『なんで？』

『どうして？』

わけのわからないことは、わからないと言い。

きっちりとした答えを欲し。

理解できない不満をブチ撒け。

兄妹が必死で取り繕っている日常の平穏がただの欺瞞《ぎまん》でしかないことを、容赦なく顔面に突きつけた。

甘やかされて育ったヤンチャぶりが硬化して、家族を傷つける。

何の打算もないガキの正論は痛すぎて、いっそ耳を塞《ふさ》いでしまいたかった。

自分のことで精一杯な兄妹は、結局、意識的に裕太をスポイルしてしまった。そうでもしないと、自分の足で立っていられなかったからだ。

そして。裕太は、そんな雅紀たちを見限って引きこもりになってしまった。

狂いだした歯車は、止まらない。止めたくても、止まらない。悪循環のループに嵌って、不幸のドツボに墜ちていく。

母親が死んで、それは、更に加速がかかった。

それが、篠宮家の最悪な四年間だったのだ。

その最凶な四年間があったから、今は、人生をドブに投げ捨てずにいられる。

人生の転機というのは、本当に、どこから落ちてくるかわからない。

つくづく、雅紀はそう思う。何があっても、死んでしまったらそれで終わりなのだと。

生きていれば、やり直すチャンスは巡ってくる。

雅紀の場合、それが尚人を強姦《ごうかん》することで始まってしまったのは、なんとも皮肉としか言いようがない。

身勝手な理屈で他人を傷つけて反省の色もないクソバカ野郎が引き起こした、先の暴行事件。尚人が被った被害を断じて許すことはできないが、自分たち兄弟にとっては、あれもひとつの転機になったことは否めない。

だったら。慶輔の『告白本』も、謂《い》わば、ひとつの転機なのかもしれない。それが誰にとっての、何のための、どこでどういうふうに転ぶのかはわからないが。

そうやって、雅紀は物事の見方をすり替えることができる。よくも悪くも社会に出てガツガツ揉《も》まれたから、自分にとってのリスクを最小限度に抑えるためにはどうすればいいかを知っている。

だが。そういう打算的なスキルがない弟たちに自分と同じように思考を切り替えろと言っても、それは無理だろう。

(ヤバイとしたら、やっぱ、裕太だよな)

尚人は我慢強い理性派で、裕太は排他的な直情型だ。

本音を言えば。裕太がまさか、慶輔をバットで殴りつけるとは思ってもみなかった。

いや……。そういう凶行に走る裕太——というのが想像できなかったと言うべきか。

あのとき。携帯電話に入っていた尚人からの伝言は、家に泥棒が入って裕太が警察に保護されたというものだった。尚人としてもまるで状況がわからない切迫感がありありで、声が上擦《うわず》っていた。

慌てて勝木《かつき》署に駆けつけてみたら、事態はまったく思ってもみない展開で。雅紀にしてみれば、まさに、唖然《あぜん》・呆然《ぼうぜん》——絶句であった。

あれだけ『父親』にこだわっていた裕太が、バットで殴りつけてそれを全否定する。それが裕太の四年間の答えなのだとしたら、そこまでに至る鬱屈《うつくつ》は相当なものだったろう。

慶輔を殴って、骨折させて、すべてをチャラにする。裕太が、そこまで単純明快な性格をしているわけもなく。だとすれば、やはり、事前に告白本のことは言っておいた方がいいのかもしれない。それを思って、雅紀は小さくため息を漏らす。

まぁ、それは、とりあえず後でいい。

それよりも、何より。

雅紀的に何が一番ネックになっているかといえば、尚人が瑞希に学校で待ち伏せにされたことを黙っていたことだ。

(なんで、そういう大事なことを俺に言わないんだ?)

ムカつくのではなく、イラつく。

すでに三ヶ月近くもなって、何を今更——なのは、わかっている。

よくよく考えれば。その頃はまだ、尚人に『好き』の一言も言ってなかった。雅紀の中で、すでに尚人は何ものにも代え難い唯一無二の存在だったが、大マヌケなことに、雅紀はその想いを切々と告白したことがなかった。

尚人との始まりが最低最悪だったから、雅紀がそばに寄っていくだけで尚人は全身を竦《すく》ませた。そんな尚人を繋《つな》ぎ止めておくための手練手管——甘い囁《ささや》きで尚人の強《こわ》ばりを解きほぐし、キスと愛撫《あいぶ》でとろけるような快感を刷り込むことばかりに腐心するあまり、一番大事なことを言い忘れていたのだ。

だから。雅紀という呪縛《じゅばく》で身も心も金縛りになっていたのもわかる。

それでも、だ。

「——ナオ?」

「なに?」

「どうして、妹とのこと……黙ってた?」

終わったことを蒸し返してもしょうがない。頭ではわかっていても、感情はくっきりと別物だ。ことに、尚人のことになると雅紀の視界は猫の額よりも狭くなる。

一瞬、尚人は目を瞠り。

「——ゴメン」

ボソリと漏らした。

「どうやって話そうかと思ってたら、あんなことになっちゃって……」

あんなこと——とは、暴行事件のことだろう。

「それっきり……忘れてた」

「忘れてた?」

隠そうとしてたわけではなく?

「うん。だって俺、本音全部ブチ撒けちゃったから、妹とは二度と会うこともないと思ってたし。それからいろんなことが立て続けに起きちゃったから、それでプッツリ……それっきり忘れてた」

尚人の言いたいことは、わかる。

考えることがいっぱいありすぎて、脳味噌《のうみそ》がオーバーヒートして、パンクする前に終わってしまったことはサックリとデリートした。つまりは、そういうことだろう。

そこで言い訳がましく、あれこれ理由付けされたら雅紀の気持ちももっとささくれて収まらなくなってしまったかもしれない。

——だが。

雅紀にとって、それとこれとはまったく別物なのだ。

尚人的には瑞希のことは終わってしまったこと——なのかもしれないが、雅紀は違う。故意であろうが無意識であろうが、そういう事実を知らされなかったということが雅紀を苛立《いらだ》たせる。

尚人のことは、どんな些細《ささい》なことでも知っておかなければ気が済まない。特に、一日の大半を過ごす学校生活では自分の目が行き届かないというジレンマがあって。

「ナオ」

——何？

上目遣いに、尚人が返事を投げて寄越す。

——おいで。

わずかに眼力を込めると。尚人はその意味を違えることなくデスクチェアーから立ち上がって、ゆっくりと歩み寄ってきた。雅紀が座っているベッドの端まで。

その歩みが微妙にバランスが悪いのは、瑞希を助けようとして半身を地面にぶつけたせいだろう。

(なんで、あんな女のために)

それを言い出したらきりがないことはわかっていても、ギリリと奥歯が軋《きし》る。

——ムカつく。

当然、真山瑞希に。

——イラつく。

それを黙っていた……そんな重要なことを雅紀に言わないうちにサックリ忘れてしまえる尚人にさえ。

白い包帯も痛々しい尚人の左手を摑んで、雅紀はわずかに目を眇《すが》める。

「おまえが怪我をすると、俺も痛い」

とたん。尚人がハッと息を呑んだ。

「ちゃんと、わかってるか?」

その目を覗《のぞ》き込むと。コクリと、尚人が頷《うなず》いた。

「ホントに、わかってんのか?」

ジロリと睨《にら》み返す雅紀の双眸《そうぼう》に苛立ちが透ける。

すると。尚人の唇の端がビクリと引き攣《つ》った。

――違う。

そういう顔をさせたかったわけではない。

雅紀は内心、舌打ちを漏らす。

たぶん、尚人は本当の意味ではわかっていない。雅紀が、何を、それほどこだわっているのかが。

黙っていたから、雅紀の地雷を踏んだ。そんなふうに思っているのだろう。

尚人にしてみれば瑞希のことはその程度なのかもしれないが、雅紀は違う。

そこのところをきちんと尚人にも自覚してほしくて。

「隠し事なんか、二度とするな」

ピシャリと言い放つ。

「……ゴメン」

他人のことなど、どうでもいい。

これ以上、誰かのために犠牲になって欲しくない。

尚人が黙って貧乏くじを引かされるタイプではないことを知っていても、

『おまえは、もっとエゴになれッ！』

そう言いたくなってしまうのだ。

同時に。

『もっと、俺に寄りかかってこい。何があっても、俺は絶対におまえを護ってやるから』

それを思わずにはいられない。

「おまえが俺の知らないところで怪我なんかするのが、一番怖い」

紛《まぎ》れもない本音が、口を突く。

「……まーちゃん」

尚人の双眸が、ほんのわずか見開かれる。

「心配で落ち着かなくて……仕事にならない」

本当なら、こんな弱音なんか吐きたくない。尚人の前では、常に、頼りがいのある大人でいたいから。

隙《すき》なく。

無駄なく。

——パーフェクトに。

泥酔して強姦……。

拭《ぬぐ》えない汚点だ。みっともない醜態を曝《さら》すのは、もうたくさんなのだ。

だが。

きっと。

そういうことを口ではっきり言わなければ、尚人にはわからない。伝わらない。雅紀の不安が……。

知らなければ、また、同じことが繰り返されるかもしれない。それは、絶対に嫌だ。

だから。二度とそんなことが起きないように、檻《おり》の中に閉じこめてしまいたくなる。

それは、雅紀のエゴだ。

わかっていても、いざとなったらそうすることもためらわない自覚が雅紀にはある。

「おまえは俺のモノなんだから……。おまえが痛いと俺も痛い。ちゃんとわかってるか？　ナオ」

「ゴメン……まーちゃん」

掠《かす》れた声で、尚人が目を伏せる。

そんな尚人を、雅紀はゆったりと腕の中に抱き込んだ。

《＊＊＊愛情の在処《ありか》＊＊＊》

その夜。

いつも通りに夕飯が終わった後。

茶碗《ちゃわん》を洗って乾燥機にかけ、自室に戻ろうとした沙也加《さやか》は。

「あ……ちょっと、沙也加」

祖母に呼び止められた。

「なぁに、おばあちゃん」

「明日のお昼にね、雅紀《まさき》ちゃんがウチに来るから」

いきなりの爆弾発言に、沙也加はその場で凍りつく。

(お……兄ちゃん、が？)

ウソ。

——ホントに？

なんで。

——どうして？

イヤよ。

——ダメよッ。

束の間、真っ白になった頭の中で声にならない言葉が乱反射する。

「お昼、久しぶりにお寿司《すし》でも取ろうかねぇ。沙也加は、何が食べたい？」

超多忙な雅紀が、わざわざ加門《かもん》の家を訪ねてくる。それだけでもう、祖母は喜びいっぱいで舞い上がっている。

昔も、そして今も。加門の祖父母にとって、雅紀は、どこに出しても恥ずかしくない自慢の孫なのだ。カリスマ・モデルとしての『MASAKI』のウリがプロフィール不明のミステリアスだったから、篠宮《しのみや》の家庭事情が事情だったから、周囲にあれこれ吹いて回るようなことはなかったが。雅紀が雑誌のグラビアを飾るたびに、その口はムズムズと疼いていただろうことは想像に難くない。

その自慢の孫が母親とセックスしていた事実を、祖父母は知らない。

母親が自殺したのは、極悪非道な父親が家族を捨てて愛人に走った果ての心労苦だと思っている。加門の祖父母だけではなく、篠宮の祖父母も、周囲も、たぶん全国ネットで篠宮家のスキャンダルを知った者は皆そうだろう。

だが、事実は違う。

沙也加が『死んでしまえッ』と言ったからだ。

だから。母親は……死んだ。

あっけなく、一人でさっさと人生の幕を下ろした。すべての責任を放棄して。

ある意味、自分たち家族を捨てた父親よりも悪辣《あくらつ》でタチが悪い。沙也加は、今でもそう思っている。

その事実を知っているのは、沙也加と雅紀と尚人《なおと》——だけ。

絶対に。

誰にも。

知られてはならない——秘密。

なのに、雅紀が共犯者に選んだのは尚人だけ。沙也加は雅紀に弾《はじ》かれた。

その、どうしようもない疎外感と……狂おしいほどの嫉妬《しっと》。

何年経っても、その事実が沙也加を苛立たせる。母親を死に追いやった罪悪感の裏側で、ジクジクと。

膿《う》んで。

爛《ただ》れて。

醜悪な毒を垂れ流しにする。

誰にも言えない秘密があまりにも重すぎて——痛すぎて、頭の芯《しん》がズキズキになる。

「お兄ちゃんが……どうして？」

カラカラに渇いた喉《のど》が妙にいがらっぽくて、声が掠れた。

「何か、話があるそうだ」

どんなに暑くても、食後は熱い茶しか飲まない祖父が一口啜《すす》って言った。

「話？　何の？」

「それは、まだわからんが……」

「この間、尚くんの学校の緊急保護者会に行ったそうだから、もしかして、それじゃないかしらねぇ」

言われて、思い出す。どこだかのモーニング・ショーでそんなことを言っていたのを。

尚人と同じ暴行事件の被害者が、尚人を襲った犯人と格闘して捕まえたヒーローであるクラスメートを刺したのだとか。

暴行事件の被害者が、別の傷害事件の加害者になる。同じ高校の先輩と後輩の傷害事件ということで、夜のニュースも衝撃的に報じていた。

二人の間に、いったい何があったのか――と。

尚人が通う翔南《しようなん》高校の、それも尚人のために犯人と格闘したクラスメートが刺されたということもあり、祖父母は食い入るようにテレビのニュースを見ていたが。尚人の名前が出るだけで心の奥底が掻《か》きむしられて不快になる沙也加は、そそくさとその場を離れた。

だから。その事件の真相がどうだったのか……沙也加は知らない。いや、興味も関心もなかった。

そこへもってきて、雅紀が事件後の保護者会に参加したというので、侃々諤々《かんかんがくがく》、テレビのコメンテーターたちはあれやこれやでかまびすしい。

ミーハーに妄想して、くだらない憶測を平然と垂れ流す。

（バッカじゃないの？）

横目で流し見る沙也加の目は、冷たい。

だが。雅紀の名前がチラリとでも耳を掠めると、無視できない。

尚人のために、超多忙な雅紀がそこまでやる——理由。

それって、もしかして、尚人を共犯者にしたことのアフターケア？

じゃあ……もし。

もしも、あのとき。

沙也加が雅紀のために口を噤《つぐ》んで、秘密を共有するための共犯者になっていたら……。そしたら、沙也加は雅紀の特別になれたのだろうか？

尚人みたいに？

思わず、それを思い。沙也加はギュッと唇を嚙《か》み締めた。

（あんた。バッカじゃないの、沙也加）

あったことは、なかったことにできない。

時間は、元には戻らない。

だったら。今の今『もしも』だの『たら・れば』なんて、考えるだけ無駄に決まっている。

それに。あんなモノを見てしまったら、見なかったことにして知らんぷりなんか――できない。できるわけが、ない。

母親と息子がセックスしてるなんて――赦《ゆる》せるわけがないッ。

そんなことを秘密にしておける尚人の神経が、おかしいのだ。

そうして。いやでも自覚しないではいられない。雅紀の『特別』になれなかった自分が、特別扱いにされている弟に尚人《なおと》にどうしようもなく嫉妬していることを。

ヤだ。

……ヤだッ。

…………ヤだッ！

気持ちが一気にささくれて、沙也加は妄想を頭から閉め出す。

「電話じゃなくてわざわざ雅紀がウチに来るくらいだから、よっぽど大事な話なんだろう」

大事な――話？

電話では、話せないような？

それが、なんだか妙に引っかかる。

（それって……もしかして）

沙也加は、ふと、大学に押しかけてきたゴシップライターのヘラヘラとした胡散臭《うさんくさ》い不精《ぶしょう》髭面《ひげ》を思い浮かべた。

『オヤジにはオヤジの言い分っていうか、借金まみれで首が回らなくなった男の逆ギレの逆襲っていうんですかぁ？　赤裸々な告白本を出す——みたいな話は、聞いてます？』

あのときは、沙也加を引っかけるための作り話だと思っていたが……。もしかして、本当にそんな噂《うわさ》があるのだろうか。

「いいじゃないの、なんでも。雅紀ちゃんが来てくれるんだから。ねぇ、沙也加？」

「あたし……明日は夏期ゼミがあるから」

「え？　出かけるの？」

「うん」

「沙也加。せっかく雅紀ちゃんが来てくれるのに……」

だから、だ。

雅紀が来るなら、家になんていられない。

明日は、バイトもないから家でゆっくりＤＶＤでも観ようと思っていたが。そういうことなら、たとえ用事がなくても朝から外出するしかない。間違っても雅紀と鉢合《はちあ》わせなんかしないように。

「じゃ、そういうことだから」

それだけ言い残して、沙也加はそそくさとダイニング・キッチンを後にした。

そんな沙也加の背中を見送って、祖父母は同時にため息を漏らす。

「いったい、何があったんですかねぇ。昔は、雅紀ちゃんにベッタリのお兄ちゃん子だったのに……」

本当に、周囲の誰もが口を揃《そろ》えて『超ブラコン』呼ばわりするくらい、雅紀への執着ぶりは凄《すご》かった。

それが、中学三年の秋ぐらいから、沙也加の様子が目に見えておかしくなった。

沙也加と裕太が大喧嘩《おおげんか》をして、それがあって、沙也加の高校受験が終わるまで加門の家で沙也加を預かることにしたのだ。その方が沙也加としても受験に専念できるだろうからと、雅紀が言ったので。

篠宮の家で、いったい何があったのか。沙也加は、何も語らない。

ただ語らないのではなく、その話になると、まるで猫が全身の毛を逆立てたように拒絶感を剝《む》き出しにするのだ。雅紀に聞いてものらりくらりとはぐらかされるだけで、まったく要領を得ない。

だから、これはもう時間を置くしかないと思ったのだ。

「まぁ、兄妹なんだから。何があっても、いずれ笑い話になるときがくるさ」

「そう……ですねぇ。ホントに、早く昔のように仲のいい兄妹に戻って欲しいですねぇ」

「大丈夫。そのうち、雅紀の方が折れるだろうよ」

「そのことも、明日、話してみようと思うんですけど」

「そうだな」

自分たちは、いまだに何の遺書も残さずに自殺した娘の死を受け入れ難い部分もあるが。沙也加は若い。どんなに深く抉《えぐ》れた傷も、時間が癒《いや》してくれるのは間違いない。

それを思わずにはいられない祖父母であった。

§§§§　　§§§§　　§§§§　　§§§§

金曜日、午後一時。

雅紀が自分で車を運転して加門の家までやってくると、祖父母は相好を崩して雅紀を出迎えてくれた。

「ご無沙汰《ぶさた》しています」

玄関先できっちり腰を折る雅紀に、祖父は無言で頷いて目を細め。

「ほらほら、そんな堅苦しい挨拶《あいさつ》はいいから、上がって。上がって」

祖母は笑顔満開で手招いた。

そのままリビングまで行くと、テーブルの上にはにぎり寿司が用意されてあった。さすがに車で来た雅紀を気遣ってか、ビール代わりに冷茶のもてなしだったが。

(んー……真っ昼間から散財させちゃったかな。もっと時間を遅らせればよかったかも)

そんなことを口にすれば、子どもが何を遠慮してるの……ぐらい言われるのはわかりきっている。とっくに成人してカリスマ・モデルとして活躍していても、祖父母にとって、自分はいまだに『雅紀ちゃん』なのだ。

「ごめんなさいね、雅紀ちゃん。沙也加は、ちょっと用事があるとかで……いないのよ?」

祖母が弁解がましくそれを口にすると、雅紀は口の端で笑った。

(あー……そういや、そうだった)

祖母に言われるまで、沙也加のことなどすっかり忘れていた。

「いいですよ、別に。大学生になったら、いろいろ忙しいでしょうし」

もしかしたら、夏休み中はバイト三昧《ざんまい》……かもしれない。

加門の家に居候しているとはいえ、すでに年金暮らしの老夫婦にたっぷり余裕があるわけではない。一度、沙也加の食費くらいは入れるつもりで雅紀がそれを口にすると、珍しく、本気で二人が怒った。沙也加は自分たちの孫なのだから、そんな遠慮は無用だと。

「あの子も、とっても残念がってたのよ？」

それは……ない。

そのことは、雅紀が一番よく知っている。

（ばあちゃん、気の遣いすぎ）

内心、苦笑せざるを得ない。

篠宮の家から一人弾かれている沙也加が不憫《ふびん》でならない祖父母は、何かにつけて兄妹関係の修復を図って欲しいことを匂《にお》わせる。

雅紀と沙也加の間には、修復できないほど深い溝《みぞ》がある。加門の祖父母はそれが行きすぎた兄妹喧嘩だと思っているようだが、真実を知ったら、きっと……目を剝いて卒倒してしまうだろう。

たとえ、雅紀にはこだわりがないと言っても、沙也加から歩み寄ってくる可能性はゼロに等しい。

だから、いいのだ。沙也加のことは、もう。

本音で言えば。今更、沙也加に歩み寄ってこられても困る。篠宮の家は、雅紀と尚人の愛の巣になってしまったから。

『お兄ちゃんもお母さんも、汚いッ！』

口汚く罵《のの》り吐き捨てる沙也加の顔は、蒼《あお》ざめて引き攣《つ》っていた。

母親とセックスしていた自分が、今は尚人と肉体関係にある。それを知ったら、今度こそ、沙也加の神経はごっそり焼き切れてしまうだろう。

雅紀は、沙也加に何を言われてもまったくかまわないが。沙也加の激情の矛先が尚人に向かうのは困る。

いや——それは、絶対に許さない。

だから。いても邪魔にならない裕太は別だが、あの家に沙也加という異分子はいらない。それが、雅紀の紛れもない本音であった。

「裕太と尚人は、元気でやっているか？」

ただ挨拶代わりではない、祖父が二人のことを真摯《しんし》に気にかけていることはわかる。崩壊してしまった家に取り残されている孫たちのことが、心配でしょうがないのだろう。

それでも。尚人と裕太に対する温度差は、ある意味、歴然としているが。

「はい。それなりに」

「裕太ちゃんは……どう？」

あんな事件があった後だ。裕太のトラウマはますますひどくなってしまうのではないかと、祖母の心配は尽きない。

事件の後、二人が篠宮の家にやってきて、裕太を加門の家に引き取りたいと強硬にねじ込んできたが、それは別の意味で雅紀を不快にさせ、裕太の神経を逆撫でにしただけだった。

第一、あの裕太を見れば、そんなトラウマ云々《うんぬん》はただの杞憂《きゆう》にすぎないと理解できるはずなのだが。祖父母の中では、裕太はいまだに小学生のままだ。

それでなくても。ヤンチャな末っ子は目に入れても痛くない――という特殊なフィルターがかかっているのか、加門だけではなく堂森《どうもり》に住んでいる篠宮の祖父母も、口を開けば裕太のことばかりだった。

父親に捨てられて、それが受け入れられずに荒れまくって不登校の引きこもりになる。そういう三重苦が、無条件で憐憫《れんびん》の刷り込みになっている――らしい。

雅紀は、すでに大人で。

沙也加は兄弟の中では唯一の女の子で、誰もが甘い。

割を食うのは、おとなしくて手のかからない尚人だけ。

本当に、周囲がこんな状態でよく尚人が歪《ゆが》まずにこれたものだと、雅紀は今更のように感心する。

「大丈夫ですよ。裕太も、いつまでもガキじゃないですから」

言っても無駄だろうな……と思いながらも、とりあえず、口にする。

「でもね、雅紀ちゃん」

「一発ハデに殴って、裕太的にはかえってスッキリしたんじゃないですか?」

「そう……なのか?」

一瞬、祖父の目が丸くなる。そういう発想がまるでないのが丸わかりだった。

「裕太は裕太でちゃんと考えてますよ。周りが思っている以上に」

可哀相だ。

不憫だ。

どうして、こんなことに……。

何も知らずに幸せだった頃を見知っている祖父母たちにとって、孫である雅紀たちはいつまでも憐憫の対象でしかない。

だが。過去の幻影の呪縛に嵌って身動きの取れない大人が考えている以上に、子どもの成長は早い。裕太が引きこもりをやめるのも、もはや時間の問題のように思う雅紀だった。

「それで？　おまえの話というのは……なんだ？」

（相変わらず、ナオのことはさっくり無視なんだよな）

今更のように実感する。

昔は、それが不快だった。尚人だけが不当な扱いを受けているのがただの錯覚ではなく、現実だったからだ。

（まぁ、いいけど）

その分、雅紀がたっぷり愛情をかけてやれる。誰もよけいな関心は持たないでくれる方が、雅紀にはかえって好都合だ。

「実は……近々、あの男が暴露本《ばくろ》を出すみたいなんです」

雅紀の口からそんな話が出るとはまるっきり予想もしていなかったのか、祖父母は双眸を見開いた。

「ば……暴露本って？」

ショックで声も上擦っている。

「だから、極悪非道のクソ親父にもそれなりの言い分があるってことなんでしょう」

「あんなことをしておいて、それなりの言い分なんてあるわけないでしょうッ」

不快感も露《あら》わに、祖母が吐き捨てる。当然の反応といえば、当然だが。

「テレビでも雑誌でも、さんざんボロクソに叩《たた》かれましたからね。ついに、逆ギレしたんじゃないですか？」

むしろ、しごく冷然とした口調の雅紀の方が、祖父母にとっては違和感大ありだったかもしれない。

「そんな身勝手なッ！」

「そういう男ですから」

サラリと雅紀が口にすると、祖母は返す言葉もなくギリギリと奥歯を軋らせた。

「他人の迷惑を顧みない男だから、何でもできるんですよ」

本を出すことで誰が傷ついても、そんなものは歯牙《しが》にもかけないだろう。

あるいは。自分がさんざんコケにされて落ちたところまで、雅紀を……誰かを引き摺《ず》り落としたいだけかもしれないが。

「それは、ただの噂とかじゃなくか？」

そうあって欲しい——の願いを込める祖父の心情は理解できる。今のスキャンダル垂れ流し状態は、祖父母にとっても心痛の種だ。

「自分だけ損をするのは割に合わないとでも思っているんでしょう。本を出すことで、借金をチャラにできると思っているみたいです」

借金の穴埋めに赤裸々な暴露本を出す。そういう神経が理解できないのか、何とも言えない顔で祖父が唸《うな》る。

そこらへんの皮算用をどれくらい見積もっているのかは知らないが。

『まっ、売れるだろうな。単純に、覗き趣味で』

それを言ったのは、加々美《かがみ》だ。

『なんたって、身内の……それも極悪な親父のナマ声だからな。たとえ書いたのがゴーストライターだろうが、そんなものはどうでもいいんじゃねーか？　親父が何を、どこまで語ってるのか。興味と関心はその一点だろうし』

文才のないド素人《しろうと》の言ったことを、よりドラマチックに脚色する。本を売らんがための常套《じょうとう》手段である。

読み手にとってそれが事実であるかどうかなんて、関係ない。自分的な好奇心が満たされれば、それでいいのだ。

『今、一番旬《しゅん》な話題に乗り遅れずにみんなで盛り上がる。つまりは、そういうことだろ？』

篠宮家の崩壊劇は、嘘臭い下手《へた》なドラマよりも格段に面白い。その元凶が暴露本を出すとなれば、買う奴は腐るほどいる。

『そうやって、他人の不幸を食い物にしてるっていう自覚のない奴らが一番タチが悪いってことだ』

そういう台詞がすんなり出てくるということは、雅紀が知らないだけで、モデル界の帝王と呼ばれる加々美にもそういう苦い経験があるのかもしれない。

「だから、一応、心づもりだけはしておいてください」

「それは、どういう……？」

「どういう内容にしろ、ひどく偏った暴露本になるのは目に見えていますから。ハッキリ言って、母のことはクソミソでしょう」

自分が不倫に走った正当性を主張するということは、そういうことだ。しかも、母親はすでに他界しているから何を言っても絶対に反論されることもない。

死者を墓の中から引き摺り出して蹴《け》りつけるくらい、慶輔にとっては何でもないことに違いない。

まさか、そこまで……の声を呑んで、祖父母が固まる。

「本が出版されれば、また、いろいろ騒がしくなると思いますから。そこらへん、感情にまかせて過剰に反応しないように、言っておいてもらえますか?」

「沙也加に……か?」

「それと、加門の親戚筋《しんせき》にも。マスコミに向けて口にした言葉はすべて、自分に跳ね返ってきますから。どんなに腹に据《す》えかねてもノーコメント。それが一番だと思います」

祖父母の顔は、蒼ざめて引き攣っている。

「堂森の篠宮の方には?」

「伝えました」

電話で、だが。

あえて伝える必要もないかと思ったが。黙っていて後でそれがバレると、あとあと何かと面倒なので連絡しておいたにすぎない。

「――それで?」

「篠宮の祖父の血管は焼き切れる寸前だったようです」

冗談でなく。その後具合が悪くなって、しばらく入院していた――らしい。

尚人の暴行事件の件で、いや……それに絡んだ篠宮家のスキャンダラスな噂の一件で、雅紀と篠宮の祖父との関係はすっかり険悪になってしまった。

世間に垂れ流しになっている噂の元凶は慶輔なのに、尚人が暴行事件の被害に遭ったことが悪いと言わんばかりの口調に、さすがの雅紀もマジギレになったからだ。それで、激昂した祖父に絶縁宣言をされてしまったのだ。

裕太ばかりを偏愛して、返す言葉で平然と尚人を傷つける篠宮の祖父には常々思うところがあり、雅紀的には別に絶縁されても苦にはならなかったが。祖母には、それは祖父の本心ではないからと取りなしの電話があった。

雅紀の日本人離れした異相は曾祖父《そうそふ》の遺伝——所謂《いわゆる》、先祖返りだ。

つまり。篠宮の祖父は、あの時代には極めて珍しい『ハーフ・ブラッド』だということである。少なくとも、ちょっと見で髪が明るいブラウンということ以外、まったくの日本人にしか見えないが。先祖返りの雅紀の異相に一番の嫌悪感を抱いているのが篠宮の祖父だと言われても、雅紀的には何の抵抗感もない。

あの時代にあって、そういう生まれが祖父の拭い難いコンプレックスでなかったとは言えないだろう。そのために、半端なく我の強い性格ができあがったのかもしれない。いくら祖母が取りなすと言っても、前言撤回するような性格とは思えない。

その祖母にしても。慶輔が裕太に殴られて骨折した事件で、雅紀が全国ネットのテレビの前で『視界のゴミ』呼ばわりした後、

『ひどいじゃないの、雅紀ちゃん。あんな父親でも、慶輔はあなたの実のお父さんなのよ？

私たちにとっては、どんな息子でも息子なの。なのに、ひどいわ。ひどすぎる暴言よ』

電話口で詰《なじ》られ、大泣きされた。

泣かれても、困る。雅紀は取り消すつもりはないので。

篠宮の祖父母にとっては『息子は息子』なのかもしれないが、雅紀にとっては不要の父親だ。あんな父親は、いらない。

自分たちをポイ捨てにしたのは慶輔なのだから、別に、雅紀が『視界のゴミ』として切り捨てにしても何の問題もないだろう。

ついでのオマケで篠宮の祖父母から切り捨てにされても、雅紀の良心はまったく痛まない。

慶輔の兄——雅紀にとっては篠宮の伯父の話によれば。あのあと篠宮の家では緊急家族会議が行われて雅紀の話を慶輔に確かめようとしたらしいが、まったく連絡が取れないということだった。

篠宮の親戚筋ではこの伯父が一番の常識家というか、物の考えがニュートラルでブレないというか、雅紀の中では信頼できる部類に属する大人である。

親類筋的評価では、

『いまだに結婚もできない、趣味に毛が生えた程度の売れない書道家』

一段低く見られがちだが、雅紀の見方は違う。雅紀が剣道を始めたきっかけは、この伯父の影響だった。この伯父だけが、

『血は水よりも濃い……なんていうのは嘘っぱちだから。いいかげん、おまえたちも慶輔に縛られない生き方をしてもいい頃だと思うよ？』

慶輔を『視界のゴミ』呼ばわりにした雅紀の心情を正確に汲《く》み取ってくれた。

その伯父が、告白本について、

『何をやるにも自己責任なんだから、今更、俺たちがあれこれ言っても始まらない。慶輔の借金問題のときも、あいつが下げたくもない頭をそれこそ無理に下げまくって、親兄弟、親戚中を回っても、みんなが自業自得……で知らんふりだったからな。だから、告白本という形で借金を帳消しにするって決めたんなら、横から誰が何を言っても無駄なんだろう。死者を鞭打《むちう》つなとか、子どもの将来まで潰《つぶ》す気かとか、これ以上周りに迷惑をかけるなとか、そういう道義的な常識論の通じない相手に水掛け論をやってもしょうがない。まぁ、今更おまえにこんなことを言うのも、それこそ、釈迦《しゃか》に説法……なんだろうが』

そんなことを言い。

『とにかく、そこに何が書かれてあるにしろ、おまえがこっち側のことまで気にする必要はまったくないから。たとえジーさんとバーさんが何を派手に愚痴《ぐち》ろうが、とりあえず聞き流しておけ』

伯父なりに、雅紀を気遣ってくれた。

適度な距離感で自分たちを見守ってくれる人がいる。それは、喜ばしいことだ。素直にそれを思わないではいられない雅紀だった。

「それは、向こうを当てにできないということか？」

だから、堂森の差し止め云々のことだろう。

「期待しない方がいいと思います。もう、止まらないみたいですから」

きっぱり雅紀が断言すると、二人とも、食欲どころか口数も一気に失せてしまったようだった。蒼ざめて強ばりついた顔が、さすがに痛々しい。

それでも。必要以外の慰めを口にしようとは思わない。

自分の領分と祖父母の領分は別口、それだけはくっきり明確な雅紀であった。


「じゃあ、失礼します」

来たときと同様きっちり頭を下げて玄関を出た雅紀は、ドアが閉まるなり、小さくため息を漏らした。

雅紀的にはある程度予想できたことだが、祖父母にとっては不幸な死に方をした母が再び墓場から引き摺り出されて滅多打ちされるかもしれないと思うと、たまらないのだろう。

ケジメのつかない痛みを蒸し返される、悔しさと。

どうにも収まらない、怒り。

そして、止まらない――哀《かな》しみ。

別に、それを故意に煽《あお》るつもりはなかったが。何も知らずにショックで倒れられるよりは、ずっとマシだと思ったのだ。

（まぁ、俺なりのケジメはつけたから。あとは、じいちゃんばあちゃん次第だよな）

それを思い、ジャケットのポケットから車のキーを取り出す。

――と。

いきなり。

背後でバタバタと足音がしたかと思うと、次の瞬間には玄関のドアが荒々しく開いた。

（なんだ？）

思わず振り返った視界の中に、すっかり大人びた沙也加の姿が飛び込んでくる。

一瞬、驚きに目を瞠り。

（……なんだ。居留守だったのか）

口の端でクスリと笑う。

（憎まれたモンだな）

ふと、それを思って。

（それも、当然か）

五年ぶりの再会に何の感慨もなければ興奮もない、いたって平静な自分を自覚する。

切り捨てにした存在。

その罪悪感も、良心の呵責《かしやく》もすでにない。そのことを、リアルに再確認する雅紀であった。

だが。雅紀はそうでも、沙也加は違う——のだろう。

キリキリと吊《つ》り上がった眦《まなじり》とは対照的に、クッキリとした二重の双眸から放たれる眼差しは複雑に揺れていた。

「さ……沙也加ッ」

裏返った声で沙也加の名前を呼び、慌てふためいて玄関口に出てきた祖母は、そこに雅紀を見つけて心底決まり悪げな顔をした。

「ごめんなさいね、雅紀ちゃん」

「いいですよ、別に」

嘘をつかざるを得なかった祖母の気持ちはわかる。

おそらく。雅紀とは顔を合わせたくないが、雅紀が何をしに来たのかは知りたい。どこで盗み聞いていたのかは知らないが、それを責める気にはなれなかった。

「でも……」

更に言い募ろうとした祖母の口を、

「おばあちゃんは、あっち行ってて」

沙也加がピシャリと塞ぐ。

束の間、祖母は雅紀と沙也加を交互に見やって。雅紀が『大丈夫だから』と目で頷くと、どっぷり深々とため息を漏らしてドアを閉めた。

「久しぶり」

何も言わない——二人っきりになったとたん、強ばりついた唇を震わせるだけで言葉もなく立ち竦んでいる沙也加に、雅紀から声をかける。

それが、沙也加の何を。どこを、刺激したのか。まるで、いきなりスイッチが入ったように沙也加の双眸が強《こわ》くなった。

「本当……なの？」

何が？

——とも、言わず。

まっすぐに切り込んでくるその視線のきつさに、雅紀は、

(ぜんぜん、変わってねーな)

一瞬、時間が逆流するような気がした。

不快……とまではいかなくても、雅紀の何かを掻きむしるには充分だった。

それは、裕太に、

『なんで、ナオちゃんなんだよ？』

面と向かって尚人との肉体関係を問い詰められたときとは違う種類のモノだった。

強いて、言えば。女の持つ言葉の粘着性と、男が溜《た》め込んだ台詞の起爆性。

沙也加には雅紀に対してどうしても許せない生理的嫌悪があって、それが言葉の猛毒になるが。裕太の場合は、棘《とげ》だらけの辛辣《しんらつ》さはあっても変にベタ付かない。その差だ。それを感じるのは、単に、雅紀が男だからかもしれないが。

「間違いないと思うけど？」

だから、慶輔の告白本のことだろう。

「誰から、聞いたの？」

「それは、関係ない」

とたん、沙也加の双眸がカッと見開かれた。

「どうして？」

「おまえとは無関係だから」

「そうやって……切り捨てにするんだ？」

苦々しくその言葉を吐き出す唇の端が、わずかに歪んでいる。

何を？

——とは、雅紀は問わない。わかりきったことだからだ。

厳密に言えば、雅紀が切り捨てたわけではない。沙也加が、断ち切ったのだ。

けれど。

今、ここで、不毛な水掛け論をやってもしょうがない。

切り捨てられたと沙也加が思っているのなら、そうなのだ。結果的には、その事実に間違いはないからだ。

「その話なら——あたしも知ってる」

雅紀は、ほんのわずか眉《まゆ》をひそめた。

だが、それだけだった。

それが、癇《かん》に障るのか、

「どうして……って、聞かないの？」

沙也加は、それと知れるほど眦を吊り上げた。

「どこから？　誰から？　……って、聞いてよッ」

「そんなこと、意味ないだろ」

——瞬間。

沙也加の目が呆然と見開かれた。

「おまえがいつ、誰に何を聞いたのかって、そんなこと、今更俺が知っても意味ないだろう。おまえはそれが、ただのガセネタだって思ってたんだろ？　だから、聞き流しにして何も言わなかった。でも、俺はそうじゃないと思ったから、今日ここに来た。だったら、おまえに聞く意味はないだろ？」

見開かれた沙也加の目が。その唇が。絶句の果てに——凍りつく。

それが、可哀相……だとか。

ちょっと、言い方がきつかったか？ ……とか。

こりゃ、マズいな……とか。

そんな気遣いも遠慮も、今の雅紀にはない。

長く絶縁状態にあった妹だから、その間のギャップを埋めるべく努力する。そんな無駄なことはしない。

しても意味がないことを、する必要性を感じない。

なぜなら。雅紀と沙也加の溝は、二度と埋まらないからだ。

雅紀は、それをきちんと自覚している。

沙也加も、そう思っていたはずだ。

母親の死——という絶対的な『現実』がある限り、壁も溝も傷も消えてはなくならない。だから、五年間、自分たちは赤の他人も同然だった。

なのに。

いきなり、沙也加は溝を跳び越えようとしている。

——なぜ？

——何のために？

埋まらない溝をあえて跳び越えてくる意味が、わからない。

「じゃあ、な」

玄関先で身じろぎもしなくなってしまった沙也加に、雅紀は一声かけて踵《きびす》を返す。

車のキー・ロックを解除し、乗り込む。

それっきり、雅紀は一度も振り返らなかった。

沙也加との縁を絶ち切るために？

——違う。

ただ、関心がなかった。

雅紀には、身を賭《と》してでも護るべきモノがある。だから、切り捨てたモノにまで関心が向かなかった。

《＊＊＊エピローグ＊＊＊》

ジー、ジー、ジー、ジー………。

生い茂る庭の木々の中から、いかにも暑苦しげに、力いっぱいうだるように鳴く蟬《せみ》の声が照りつける真夏の太陽に乱反射する──午後。

加門家の玄関先で、沙也加は立ち竦んでいた。

(こんなの──ウソよ)

踵を返した雅紀の背中を、呆然と見送る。

(お…兄ちゃん……)

唇が引き攣って、声が──出ない。

名前を呼んで振り向かせたいのに……できない。

今日は雅紀が来るから、朝から出かけるつもりだった。絶対に鉢合わせしないようにする。

そう思っていたのに、朝起きたら気が変わった。

昨日は、明け方近くまで眠れなかった。雅紀のことが気にかかって、心がざわついて、まったくぜんぜん眠れなかった。

会いたくないのではなく。

――会えない。


オ母サンナンカ、死ンジャエバイイノヨォォッ！


あの激情の代償があまりに大きすぎて、雅紀の顔が正視できない。

しっとり艶《つや》のある声も、二度と聞けない。

だから。陰でこっそり聞くだけなら……。そう思った。

祖母には、

「そんなことをしなくても、普通に会えばいいじゃないの」

そう言われたが、我を通した。

雅紀の話がなんなのか。それも、知りたかった。

そしたら。雅紀の言っていることは、見るからに胡散臭いゴシップライターと同じことだった。

ギョッとした。

唖然として。

ないように。

父親の暴露本が出版されたら、また、騒がしくなる。だから、感情にまかせて過剰に反応し

――絶句、した。

そう、雅紀が言ったとき。沙也加は、我慢できなくなった。まるで、あのゴシップライター

に対する沙也加の対応を当てこすられて詰られているかのような気がして。

それがただの被害妄想なのだとわかっていても、たまらなかった。

篠宮の家で雅紀に護られている弟たちに比べて、あまりにも不公平な気がして。ムラムラと

込み上げてくるモノが止まらなかった。

だから。思わず、雅紀の後を追って飛び出してしまった。

そして――後悔した。

沙也加を見る雅紀の眼差しには、突き刺す毒も氷のような棘もなかった。

けれど。

『そんなこと、意味ないだろ』

穏やかな深みのある声で、それを言われたとき。沙也加は知ってしまった。憎悪と憤激で冷

たく糾弾《きゅうだん》されるよりも更に深い絶望があることを。

『じゃあ、な』

それっきり、雅紀は二度と振り返らなかった。

そのとき、気付いた。雅紀が、一度も沙也加の名前を口にしなかったことに。

会いたくても会えなかったときの方が、まだリアルに雅紀を感じていられた。

(こんなの……ウソよッ)

自分と雅紀を隔てているのは、冷たい絶壁だと思っていた。

だが。雅紀と言葉を交わして、いきなり距離感がなくなった。

壁が消え失せたのではなく、雅紀の視界から沙也加の存在そのものがシャットアウトされたような気がした。

『感情を揺らす価値もない視界のゴミ』

そう、言われたような気がした。

極悪非道の父親と、同じレベルで拒絶されたような気がした。

振り返りもしない雅紀の背中が遠い。

それは、今まで沙也加が感じていた疎外感ではなく完璧《かんぺき》な拒絶感だった。

ウソ。

──ウソ。

────ウソッ。

(こんなのは……違うッ)

イヤ。

イヤッ……。

イヤぁぁ〜〜ッ！

身体の芯から灼《や》けつくような痛みと苦しさで息もできなくなってその場にしゃがみ込み、沙也加は——号泣した。

情愛のベクトル

ルルルル
プルルルル
プルルルル
もー
誰《だれ》だよ しつこいな
もしもし?
裕《ゆう》太《た》か?
え!?
雅紀《まさき》兄《にい》ちゃん!?
ナオは?
チャリでさっき
買《か》い物《もの》出《で》たけど
つーか知《し》らない
ナンバーが出《で》てんだけど?
携帯《ケータイ》家《いえ》に
忘《わす》れたんだ
これは借《か》り物《もの》
俺《おれ》はもうスタジオに
入《はい》っちまったから
抜《ぬ》けられそうにない
探《さが》して届《とど》けて欲《ほ》しいと
ナオに伝《つた》えてくれ
届《とど》けんの?
ナオちゃんが!?
次《つぎ》 コートの
セットに替《か》え
ま――す

このあとスタジオの地図《ちず》ファックスするから
ちゃんとナオに伝《つた》えるんだぞ
あっ
ちょっ
なんだよもう
あいかわらず横暴《おうぼう》だな！
ガチャンッ
はちん
ふぅ
……まいった
よお連絡《れんらく》ついたか？
加々美《かがみ》さん

すみません
携帯《ケータイ》ありがとうございました
どうだった？
はい
弟《おとうと》が届《とど》けに来《く》るので大丈夫《だいじょうぶ》です
もう
にやにや
いつも余裕《よゆう》かましてるおまえがたまにオロオロしてんの新鮮《しんせん》でいいなぁ
茶化《ちゃか》さないで下《くだ》さい まじで焦《あせ》ってんですから
それが大丈夫《だいじょうぶ》ってツラかぁ？
はぁ
こんなスケジュール押《お》してる時《とき》に…大《おお》ボケもいいとこですよ
MASAKI《マサキ》さーーん
ほら出番《でばん》だ行《い》って来《こ》い

——今日《きょう》は ギャラリーだからって 楽《らく》なもんですね 加々美《かがみ》さんは
——しかし
たかが携帯《ケータイ》 忘《わす》れたにしちゃ 反応《はんのう》デカすぎだろ
弟《おとうと》—— ナオくんって いったか…
いつもは 自慢話《じまんばなし》する くらいなのに なぁ
弟《おとうと》に届《とど》けさせると なったとたん 不機嫌《ふきげん》になったような
おーおー
いつになく 苛《いら》ついちゃって
なんだありゃ

これは
気《き》になる――
えーっと
西口《にしぐち》って書《か》いて
あるから こっちで
いいんだよな
地下鉄
こっちから
改札《かいさつ》出《で》て…
それから
ナオちゃーん
雅紀兄《まさきにい》ちゃんが
ケータイ忘《わす》れた
から届《とど》けに来《こ》い
だってさ
はい これ
地図《ちず》
えっ
なんで⁉
さっき電話《でんわ》あった
水曜《すいよう》まで帰《かえ》れ
ないからないと
困《こま》るんだってさ
ナオちゃん
おこづかい
せびってやれば
いいよ

まーちゃんが
忘《わす》れ物《もの》するなんて
あるんだなぁ…
よし！
ちゃんと届《とど》けてあげないと！
ぐっ
…ってあれ？
きょろ
きょろ
タクシー乗《の》り場《ば》……どこ？
30分《ぶん》休憩《きゅうけい》入《はい》りまーす
駅《えき》からここまでタクシーで来《こ》させるのか
──って
そりゃ おまえ過保護《かほご》すぎじゃねえ？

迷子《まいご》になられるよりマシですから
……
おいおい
迷子《まいご》って…高校生《こうこうせい》だろう?
弟《おとうと》のテリトリーって家《いえ》の周《まわ》りと学校《がっこう》の往復《おうふく》──くらいですから
マジな話《はなし》一人《ひとり》で電車《でんしゃ》に乗《の》って遠出《とおで》なんてのもこれが初《はじ》めてで
まあ家《いえ》のことで手一杯《ていっぱい》でしたくてもできなかったんですがね
フーッ
無事《ぶじ》にちゃんと辿《たど》り着《つ》ければいいけど…
へえ…
そりゃ確《たし》かに相当《そうとう》ウブな箱入《はこい》り息子《むすこ》さんだな
──ていうか
おまえでも兄《あに》バカなくらいに弟《おとうと》を可愛《かわい》がるんだなぁ

なんなら俺《おれ》が迎《むか》えに行《い》ってやろうか？
いや…さすがにそこまでは
なんで迷子《まいご》になるよりマシだろ？
その弟《おとうと》くん
いえまさか加々美《かがみ》さんにそんなことまでさせられませんよ
はあぁ
ここか

なんか…でかいビル
ここでまーちゃん仕事《しごと》してるんだ
7階《かい》のスタジオ・ソレイユ…と あった
君《きみ》!
君《きみ》だよね 篠宮《しのみや》尚《なお》人《と》…君《くん》
え
はい…そうですけど
押し切った←
―って うわあっ
加々美《かがみ》…蓮司《れんじ》だ…!
そうか 良《よ》かった
え あの どうして 俺《おれ》の名前《なまえ》を…
うわっわ
ホンモノ…?!
雅紀《まさき》の携帯《ケータイ》を届《とど》けに来《き》てくれたんだろ?

アズラエルの
加々美《かがみ》蓮司《れんじ》です
よろしく
じっ
ほう
ここちらこそ
よろしくお願《ねが》いします
篠宮尚人《しのみやなおと》です
これは――
これほどの素材《そざい》には
めったにお目《め》にかかれ
ない
いつもうちの兄《あに》が…
雅紀《まさき》がお世話《せわ》になって
おります
ぺこっ
あれ
俺《おれ》のこと
雅紀《まさき》から聞《き》いてる?
しかも
可愛《かわい》い
え
あ…
すみません…っ
カァっ
兄《あに》はその…仕事《しごと》の
ことは何《なに》も話《はな》さないので
へぇ
いい顔《かお》
するなぁ
この子《こ》

……
——って
ちょっと待《ま》て
あいつの不機嫌《ふきげん》の
理由《りゆう》ってこれか！
げほっ
げほ
?
確《たし》かにこれじゃあ
心配《しんぱい》にもなるだろう
けども…
心配《しんぱい》の意味《いみ》が
違《ちが》うじゃねえか！
ちら
あの…
加々美《かがみ》さん
兄《あに》にまだ会《あ》えない
ようでしたら
俺《おれ》一階《いっかい》の
カフェテリアで
待《ま》ってますから
なに
一階《いっかい》の
カフェテリア!?
業界人《ぎょうかいじん》の
溜《た》まり場《ば》で
まさしく
ワルい大人《おとな》が
ウロウロしてる
危険地帯《きけんちたい》
こんな子《こ》が
その辺《へん》フラフラ
歩《ある》いてたら
即攻《そっこう》ワルい大人《おとな》の
毒牙《どくが》にかかって
ひとたまりも
なさそうだよな
なるほど
そりゃ
タクシーに
乗せるわ
いやいや
あそこは
ダメだ
おにーさんと
一緒《いっしょ》にいなさい
ね
おなじく
過保護になる
加々美さん

そうだ スタジオの中《なか》を見学《けんがく》してみるか？
あの…兄《あに》は
今《いま》あいにく 撮影《さつえい》の最中《さいちゅう》でね 終《お》わるまで 一緒《いっしょ》に見《み》て 待《ま》ってようよ
──でも あの… お邪魔《じゃま》じゃ
大丈夫《だいじょうよ》 大丈夫《だいじょうぶ》
ナオ！
雅紀《まさき》兄《にい》さん！
なんだ 意外《いがい》と 早《はや》かったな
まー…ちゃん
──ち つまらん
どうもこうも また中断《ちゅうだん》ですよ
加々美《かがみ》さんとこの 新人《しんじん》のせいですよ ──ったく
ははは
笑《わら》いごとじゃ ないんじゃないですか どうにかして下《くだ》さい
ふっ
──ああ ナオ
悪《わる》かったな 待《ま》たせて
おーこわ
はっ
あ
いや…っ
あ 兄《にい》さん これ…

はい 携帯《ケータイ》
ん サンキュ
にこ
ほんと 助《たす》かったよ ナオ
来《く》る途中《とちゅう》 何《なに》もなかったか?
わざわざ持《も》って 来《こ》させて 悪《わる》かったな
そんな…
くしゃ
いいよこれくらい 雅紀兄《まさきにい》さんが俺《おれ》に 頼《たの》み事《ごと》なんて
ホント滅多《めった》に ないことだから
じゃあこのあと 一緒《いっしょ》に飯《めし》でも食《く》おう
え いいの? でも仕事忙《しごといそが》しいん じゃないの?
忙《いそが》しくても どうせ飯《めし》は 食《く》うんだから ──な?
ごほん ごほん
え── ちょっと失礼《しつれい》

ゴホン
えー
なんですか 加々美《かがみ》さん
盛《も》り上《あ》がってるところ悪《わる》いんだけど その「仕事《しごと》」がまだ終《お》わってないようだからな
ほら 呼《よ》んでるぞ
撮影《さつえい》再開《さいかい》しまーす
……
あの 兄《にい》さん 俺一人《おれひとり》でも大丈夫《だいじょうぶ》だし
仕事《しごと》が終《お》わるまでどこかで待《ま》ってるよ
えーと…
一階《いっかい》のカフェテリアと、
だからそこは
ダメ!!
雑誌の
テレビ関係の
モデルクラブのマネージャー
プロデュー
アシスタント
ディレクター
ウロ
ワルい大人
ダメなの?
えっ
え
雅紀《まさき》 ちょっと
なぁ
尚人君《なおとくん》は俺《おれ》が見《み》てるからおまえは戻《もど》れ
加々美《かがみ》さん

このまま帰《かえ》したくもないし一人《ひとり》にしたくもないんだろ?
いいんですか
あれじゃなあ…おまえじゃないけど過保護《かほご》にもなる
じゃあ
ナオ
しかし――
いいねぇあんな弟《おとうと》俺《おれ》も欲《ほ》しい
ごほん
……
ウチにもう一人《ひとり》余《あま》ってるのであげますよ
えーー
雅紀兄ちゃん
ひどい ひどい
終《お》わったら携帯《ケータイ》に連絡《れんらく》入《い》れるから
それまで加々美《かがみ》さんとどこかでお茶《ちゃ》でも飲《の》んでて
一階《いっかい》のカフェ以外《いがい》
うん わかった
あーあ 雅紀《まさき》の奴《やつ》
ホント可愛《かわい》くてしょうがないってツラしやがって
普段《ふだん》の顔《かお》と大違《おおちが》いだ

しかし
弟《おとうと》の方《ほう》も
今《いま》どき女《おんな》でも
そうはいない
可憐《かれん》で清楚《せいそ》な
タイプだが
雅紀《まさき》のそばだと
また少《すこ》し色《いろ》が変《か》わる
——おもしろいな
ウチの高倉《マネージャー》が見《み》たら
絶対《ぜったい》欲《ほ》しがるだろ
あの子《こ》
——というか
高倉《たかくら》には内緒《ないしょ》にしても
いずれバレそうだ
地獄耳
だからな
ヤツは……
これはひょっとして
悪《わる》い虫《むし》を心配《しんぱい》する
どころじゃなくなる
んじゃねえか——？
ガチャ
パタ

ん…
ギシ
ま―…ちゃん？
――あ
お帰《かえ》りなさい
いいぞ
寝《ね》てろ
もう深夜《しんや》過ぎだ
遅《おそ》くなって
悪《わる》かったな
ん――…
ごめん
俺《おれ》起《お》きて
待《ま》ってるつもり
だったのに…

気《き》にするな
こうして部屋《へや》でナオが待《ま》ってることが疲《つか》れを癒《いや》す元気《げんき》の素《もと》だ
俺《おれ》までホテル泊《と》まっちゃって大丈夫《だいじょうぶ》だった？
そのためにツインとったって言《い》ったろ？
——ん お仕事《しごと》お疲《つか》れ様《さま》
そうだおまえ加々美《かがみ》さんと仲良《なかよ》くなったって？
あ あの人《ひと》いい人《ひと》だね

モデルとしてもすごい人《ひと》なんでしょ なのに 俺《おれ》に まーちゃんのこと 色々《いろいろ》教《おし》えてくれたり
まーちゃんがモデルになったきっかけとか知《し》らなかったよ
――あの人《ひと》よっぽどおまえのこと気《き》に入《い》ったみたいだな
ホント?
それならいいけど まーちゃんに恥《はじ》かかせないようにって ご飯《はん》の時《とき》とかめっちゃ緊張《きんちょう》した
裕太《ゆうた》に電話《でんわ》したらたまには息抜《いきぬ》きしてきたら――って 泊《と》まりもOK《オーケー》してくれるし
今日《きょう》はなんだかとてもいい日《ひ》だ
ホント可愛《かわい》いよな尚人君《なおとくん》
思《おも》えばあんなマスコミ騒動《そうどう》があった後《あと》でも自然体《しぜんたい》っていうか素《す》のまんまで
おまえは見《み》かけも中身《なかみ》もまるきり「常識外《じょうしきはず》れの逸材《いつざい》」だったけど
あの子《こ》は違《ちが》った意味《いみ》でおもしろい素材《そざい》だ
今日《きょう》ここに来《こ》させたこと後悔《こうかい》しないように
おまえ いろんな意味《いみ》で覚悟《かくご》した方《ほう》がいいぞ

ふぅん
ホテル泊《ど》まりが嬉《うれ》しい？
それもあるけど まーちゃんの知《し》らないとこ知《し》れたりとか 仕事場《しごとば》もちょっとだけ見《み》れたし
そうか 家《いえ》でばっかりに飽《あ》きたと言《い》われてるのかと思《おも》った
マンネリになってるって
きょとん
何《なに》？
セックス
──ばっ
ばっ
あぅ あぅ
まーちゃんのばかっっ！
誰《だれ》がばかだって？──こら
ドサッ
ナオ？

ナーオ?
だ だって
まーちゃんが ヘンなこと 言《い》うから
ヘンなこと って何《なに》?
あ
う
ああいうタイプが 化《ば》けるとどうなる と思《おも》う?
おまえは 興味《きょうみ》ないか?
雅紀《まさき》
確《たし》かにナオは 化《ば》けるとすごいよ
——ほら
まあ…ちゃあん

俺《おれ》しか知《し》らない
けどな
まーちゃん…
——んっ
ん
まーちゃん
どおしよう…っ
キス
気持《きも》ちい…っ
誰《だれ》にも見《み》せない
大丈夫《だいじょうぶ》
俺《おれ》もだ
まーちゃん

ちゅ
ナオも固《かた》くなってる
欲《ほ》しいんだけど
——いい？
——あ
ん
ギシ
ギシ
ギシ
ナオの中《なか》…
熱《あつ》くて
…キツくて
はは
は
う
すげー
気持《きも》ちいい…
は
は

ギシ
はっ
は
は
ギシッ
あ
あっ
あ
あ
ぎゅっ
ギシ
やだ…
そこばっか
しないで
は
まーちゃん…
ギシ
ナオ
ナオ
ナオ

ナオ
誰《だれ》も知《し》らない
俺《おれ》だけの――

あとがき

はぁぁぁ…………。ようやく『あとがき』まで漕ぎ着けて、地獄の日々が終わりました。

円陣闇丸《えんじんやみまる》様、ほんっとに極道な進行で申し訳ありませんでしたぁぁッ！［深々］

関係者様、ゴメンなさぁぁぁいッ！［深々×2］

——と。のっけから懺悔三昧《ざんげざんまい》な吉原《よしはら》です［シクシク］。

改めまして。

こんにちは。ほぼ三年ぶり？——の二重螺旋4『相思喪曖《そうしそうあい》』です。

前回、各方面から『次は四年も待たせるなぁッ！』の叱咤《しった》激励をいただきまして。ハハハ……。そういう意味では、ぎりぎりセーフ？

タイトルは、読んで字のごとし。思い、想われ、振り、喪失……ということで。音感の響きとは真逆を行っております。それも、今更？（笑）

結果は歴然とした現実であって、自分の正義が物事の真実を語っているわけではない——んですよねぇ。

想いは言葉にしなければ伝わらない。それが人間関係の基本の『基』であるのは間違いないですが、真実の重さも温度もすべてがイコールではないので。

沙也加の声なき絶叫の余韻《よいん》を噛み締めつつ、次は……。

どうなるんでしょうか？

──とか、担当さんに突っ込まれまして。

そりゃあ。『あー』なって『こー』きて『そー』いうことになるのでは？　──とは、言ったものの。地獄の日々が終わったばかりのガス欠状態で口にしたことですから……。現時点では、責任持てませーん（笑）。

さて。今回は、な…なーんと、巻末に円陣さんの漫画も入っております♡

このエピソードは、キャラ創刊十一周年記念全員サービスのドラマCDのために書き下ろしたものですが、それを円陣さんに漫画化していただけるというので、なんて美味《おい》しい企画だったんだ……とか？

尚くんは可愛らしいし、雅紀はカッコイイし、加々美さんはエロいし。はぁぁ……［ため息］。ドラマCDありーの、キャストトークありーの──で、吉原的には一度で三度美味しい思いをさせていただきました。いやぁ……満腹、満腹。

また、こういう企画があったら、ぜひ参加させていただきたいなと（笑）。

それでは、また！

平成二十一年　六月

吉原理恵子

この本を読んでのご意見、ご感想を編集部までお寄せください。

《あて先》〒105－8055　東京都港区芝大門2－2－1　徳間書店　キャラ編集部気付
「相思喪曖」係

■初出一覧
相思喪曖……書き下ろし
情愛のベクトル……小説Chara vol.19(2009年1月号増刊)

Chara
相思喪曖 ……【キャラ文庫】

2009年6月30日 初刷
2012年9月10日 4刷
著者 吉原理恵子
発行者 川田 修
発行所 株式会社徳間書店
〒105-8055 東京都港区芝大門2-2-1
電話048-451-5960(販売部)
03-5403-4348(編集部)
振替00140-0-44392

印刷・製本 図書印刷株式会社
カバー・口絵 近代美術株式会社
デザイン 海老原秀幸

ISBN978-4-19-900528-2

キャラ文庫最新刊

スサの神謡《かみがたり》

秋月こお

イラスト◆稲荷家房之介

神を降ろす巫《かんなぎ》として、声を封印されたイワレヒコ。ある日、出会った男・ラオウは、なんと人間界に降臨した大神スサノオで⁉

真夏の夜の御伽噺

秀 香穂里

イラスト◆佐々木久美子

喫茶店の店主・岡本《おかもと》から不思議なキャンドルをもらった旗野《はたの》。願望を映し出すというキャンドルを灯すと、夢に岡本が現れて…？

共同戦線は甘くない！

鳩村衣杏

イラスト◆桜城やや

洋菓子店に勤める浅羽《あさば》が仕事で組むことになったのは、元・恋敵の同級生、柘植《つげ》！ しかも手違いから同居することになって⁉

FLESH《フレッシュ》 & BLOOD《ブラッド》⑬

松岡なつき

イラスト◆彩

やっと再会できたものの、病気の伝染を恐れる海斗《かいと》はジェフリーを避けてしまう。苛立つジェフリーはビセンテとの仲を疑って⁉

相思喪曖《そうしそうあい》 二重螺旋4

吉原理恵子

イラスト◆円陣闇丸

暴行事件をきっかけに深まった、雅紀《まさき》と尚《なお》人《と》の絆——。しかし、篠宮《しのみや》家に目をつけたマスコミの手が、尚人たちに迫り⁉

7月新刊のお知らせ

桜木知沙子 ［真夜中は大嫌い(仮)］ cut／高星麻子
水無月さらら ［渇くカラダ(仮)］ cut／小山田あみ
夜光 花 ［眠る劣情］ cut／高階 佑
吉原理恵子 ［間の楔③］ cut／長門サイチ

7月25日(土)発売予定

お楽しみに♡

Chara